河出文庫

クリュセの魚

東浩紀

河出書房新社

目次

クリュセの魚

プロローグ

ぼくは崖《がけ》を登っていた。

高く聳《そび》える玄武岩《げんぶがん》の崖。その崖壁《がいへき》に巡らされた、狭く細く頼りない仮設階段。ぼくはそれを一歩一歩、酸化鉄の赤塵《せきじん》を踏みしめながら登っていた。

傾斜は五〇度。高度差は六〇〇メートル。地球ならばまずこんな崖を登れはしない。けれども体重の差は空気の薄さを補ってあまりある。テラフォーミングが進み、砂漠がプラントで覆《おお》われ、二酸化炭素の氷床に観光バスが押し寄せるようになっても、火星の重力はまったく変わることがなかった。

階段が終わった。

ナノクレイフレームの手摺《てす》りを離し、ぼくは顔の下半分を覆う透明な分子フィルタを取り外した。白い吐息がふわりと拡がり、薄く冷たい空気が胸を刺す。

息を整えて背後を振り返った。

眼下に広い渓谷《けいこく》が開けていた。中心に故郷の町が見える。網状に拡がる緑と透明なドームのあいだを、白く細い道が菌糸《きんし》のように縫《ぬ》って崖下に迫る。その端に小さなバイクが倒れていた。

ぼくはあらためて崖を背にした。目のまえには荒地が拡がっている。巨石がごろごろと転がる赤い大地。ゆるやかな起伏の彼方《かなた》、遠く地平線の端に、高山が雪冠を被《かぶ》り眩《まぶ》しく輝いていた。ぼくは目を細め、天頂に差し掛かった小さな太陽と集光鏡を見上げる。天気は快晴。気温はマイナス一二度。エリシウムの冬としては悪くない。あと少しで北半球の短い春が来る。

防寒マフのうえから耳朶《みみたぶ》に触れた。視野の端に文字列が浮かぶ。地球暦二四五三年七月。火星暦一一二年葡萄月《ぶどうづき》。北緯二四度。東経一五三度。午前一一時二三分。測位系しか拾わない。ここでは拡張知覚は起動しない。

予想どおりだった。

動悸《どうき》が高まる。

目を閉じて深く息を吸った。

想いを込めて、ふたたび瞼《まぶた》を開く。

呼気の霜《しも》で、前髪が白く凍りついていた。髪を右手の指でほぐしながら、ぼくはもういちど前方に焦点を合わせる。

木立《こだち》があった。赤茶けた背の低い、ハマミズナに似た葉をもつ擬似多肉植物。大気組成の改変のため設計され、三世紀前に惑星全土に散布された自律進化型フォンノイマンマシン。二列の木立に挟まれて、一本の砂利道がまっすぐに延びている。

そのさきに白い家が建っていた。

小さな家。

おもちゃのような家。

おもちゃのようなエネルギーユニット。

砂を被った旧式のエアスクーター。白い湯気を吐き出す煙突を模した排気口。

――麻理沙《まりさ》。

小さな閉じられた扉。

――もし本当にそこにいるのなら。

冷たく乾いた空気が瞳《ひとみ》を刺した。

潰《つぶ》れそうな心臓に左手を添えた。

――ぼくはこんどこそ、あのときに言えなかった言葉を言おう。好きだと、愛していると言おう。そしてきみを救い出したいのだと、ふたりで火星を離れたいのだと、魚が棲《す》む星でふたりきりで海に囲まれて暮らしたいのだと、そのようにはっきりと言おう。

ぼくは下唇を嚙《か》みしめ、ゆっくりと歩き出した。

第一部　クリュセの魚

1

大島麻理沙《おおしまりさ》と会ったのは一二歳のときだ。

それは、地球暦の二四四五年八月、火星暦の一〇八年牧草月《ぼくそうづき》。数十年にいちどの大接近の夏、地球の北半球と火星の南半球が同時に夏期休暇に入る特別な季節。まだ太陽系が平和だったころ。

ぼくは円形のホールのなかにいた。火星の市民ならばだれもがいちどは訪れる、クリュセ低地の開星記念堂。無闇《むやみ》に高い天蓋《てんがい》からは弱い日光が差し込み、床《ゆか》の中心にはぽっかりと穴が空いている。その一〇メートルほどしたには、五世紀まえに火星の大地にはじめて降り立った原始的な探査機械が、電池切れで停止したすがたのまま展示されているはずだった。

ホールは太陽系中の人々で賑《にぎ》わっていた。傲慢《ごうまん》で派手な地球人、都会的で洗練された月人、内向的で物静かな火星人、そしてどこか鈍重できまじめな外惑星人。おそらくは地球からの観光客だろう、低重力に慣れず足の運びがぎこちない一団が、開口部を覗《のぞ》き込んで聞き慣れない言葉で歓声を上げている。

ぼくたち初級学校の児童は、もう一〇分以上も列に並び、その集団が去るのを待ち続けていた。故郷から開星記念堂までは遠い。ぼくたちはその日、夜明けとともに学校を出発し、旧型のエアバスに押し込まれて惑星を半周し、開星記念堂に辿《たど》りつくまで六時間を過ごしており、忍耐も限界に達しつつあった。拡張網膜のうえでは、教師が起動したナビゲーションキャラクターが解説を始めていた。二〇世紀の実験、二一世紀の停滞、二二世紀の蛮勇。学校でいくどもいくども聞かされた、地球にまで遡《さかのぼ》る火星植民の退屈な前史。

地球人が別の集団を呼び寄せ、さらに居座る構えを見せると、子どもたちはブーイングを漏《も》らした。

いたずら好きの少年が、おどけて列を離れ始める。

「列に戻れ！」

引率の教師が腕をこれみよがしに振り上げ、野太い怒鳴り声を上げる。子どもたちが吹きだす。教師は顔を真っ赤にして怒るが、いちど崩れた秩序はたやすくは回復しない。少年がホール内を駆けめぐり始める。

「止まれ、止まれ！」

もうだれもその声は聞いていない。男子も女子もみな騒ぎ始め、変声期前のカン高い声が天蓋に谺《こだま》した。ナビゲーションキャラクターが消え、制服を身につけたキャラクターが現れ低い声で警告を発する。子どもたちは歓声を上げて、宙空に浮かぶ映像に鞄《かばん》を投げつけた。観光客が呆《あき》れ顔でその混乱を眺める。人間の警備員が駆けつけるには、まだ少し時間があった。

いま思い起こせば、それはじつに微笑《ほほえ》ましい光景だ。初級学校生特有の、男子も女子も入り交じった無垢《むく》で無害な大騒ぎ。けれども、そのときのぼくはそうは感じなかった。ぼくはコートのポケットに手を突っ込み、これみよがしに肩を竦《すく》めて溜息《ためいき》をついた。

そっと右の耳朶《みみたぶ》に触れ、つぎに左の耳朶に触れた。続いてパスコードを喉《のど》の奥で呟《つぶや》く。

拡張知覚の強制終了。それは当時のぼくの覚えたての悪癖《あくへき》だった。拡張知覚さえ落としてしまえば、ぼくがどこでなにをしようと電子的にはいっさい記録されない。

当時の火星では、人口の九割にナノマシンがインストールされ、拡張知覚の起動は社会生活に不可欠なものになっていた。未成年者については、その常時起動は保安上の義務として定められており、強制終了はただちに保護者および現場監督者に通知された。だから拡張知覚の終了はこっぴどく叱《しか》られるのがつねだったが、そのときのぼくは両親から一万キロは離れており、暴れる児童にてんてこまいの教師が視野の端の小さな警告を気にかけるとも思えなかった。視界の片隅《かたすみ》で明滅する警告に、ぼくはダブルウィンクで承諾《しょうだく》を与えた。

コンマ数秒ののち、拡張網膜と擬内耳への信号がすべて落ちる。ネットワークとの接続が断たれ、ウィンドウもキャラクターも掻《か》き消すようにいなくなった。

ホールはいまだ観光客に溢《あふ》れていた。笑い声が響いていた。けれども、拡張現実を失った空間はまるで何世紀もまえに打ち棄《す》てられた廃墟《はいきょ》のようで、背に寒気が走りぼくはぶるりと身体を震わせた。コートの襟《えり》を合わせてこっそりと列を抜けた。大人になった気がした。

ぼくはホールの外周に向かった。

そこは柱が弧《こ》を描いて並び回廊のようになっていた。ぼくはポケットに手を突っ込み口を尖《とが》らせた。拡張知覚を起動すれば、柱には開拓時代の英雄の彫像が刻まれ、足元には進入禁止の境界が引かれているのが見えたことだろう。けれどもそのときのぼくにはなにも見えなかった。

天井には長方形の窓が一定間隔で穿《うが》たれ、弱い火星の日光を導いていた。光の柱が弧を描いて立ち並び、埃《ほこり》の微粒子が白く輝いて舞っていた。物理照明は設置されず、拡張知覚のない視界はいささか暗かった。目を凝《こ》らすと、回廊の床はホールの円に沿いながらゆるやかに傾斜し、少しずつ地下に潜《もぐ》っていた。ぼくは奥に進み始めた。

そして。

そこに麻理沙がいた。

ぼくはいまでもその光景を思い出せる。その驚きをはっきりと追体験できる。もう何十年もまえの話なのに、まるで映像を再生するかのようにはっきりと思い出せる。

彼女は黒いワンピースを着て、同じように黒いブーツを履《は》いて、両手を臍《へそ》のまえで組み、背伸びするかのように宙を見つめて立っていた。まっすぐに揃《そろ》った前髪が印象的で、つややかな後ろ髪は肩のしたまで伸びていた。

ぼくは足を止めた。

彼女はぼくに気がついていなかった。唇をかすかに動かし、ぶつぶつとなにかを呟いていた。天井から差し込む光の柱が、横顔を照らし出していた。肌は陶器のように白く、睫毛《まつげ》は長く、頬《ほお》は丸く、唇からは輝く吐息が漏れていた。ぼくは動けなくなった。一瞬のあいだ、あるいは数秒のあいだ、もしかしたら一分近く、暗がりに立ち尽くしそのすがたを眺め続けた。

彼女がぼくに気がついた。

目を大きく見開いた。真っ黒な、吸い込まれるような丸い瞳《ひとみ》をしていた。あんぐりと口を開き、つぎの瞬間思いなおしたように唇を固く結ぶと、駆け寄ってぼくの肩を強く摑《つか》んだ。

甘い匂いがぼくを包んだ。

少女の背はぼくよりも頭ひとつぶん高かった。

目のまえで制服の胸がかすかに膨《ふく》らんでいた。

名札が留められていた。

Marisa Oshima: voluntary guide @ Martian Memorial earthian english available / Amartya Sen s.a.c., EL, b.2429

大島麻理沙。

開星記念堂ボランティアガイド。

地球英語可能。エリシウム州アマルティア・セン二級自治市。

二四二九年生まれ。

——五コ上。

少女の顔を見上げた。

彼女の視線がぼくの頭上をさまよっていた。

ぼくは言った。

「接続してません」

麻理沙は訝《いぶか》しげな顔でぼくを見下ろした。

「拡張知覚、落としてるんです。バルーンは見えません」

「あ」

彼女は慌てて手を肩から離した。

「わたしの呟き、聞こえた?」

「いえ」

嘘《うそ》ではなかった。

ぼくはいまだに、あのとき彼女がなにを呟いていたのか知らない。

「そっか。ならいいの」

麻理沙は顔を赤らめた。

「ごめんね。うーんと……じゃあね!」

手を振ってぼくに背中を向ける。

「あ」

ぼくは慌てて呼び止めた。

「ん？」

彼女が振り向く。

ぼくは咄嗟《とっさ》に言った。

「同じ町です」

「同じ町？」

「その……」

ぼくは胸元の名札を指さした。

「ぼくもアマルティア」

「へえ！」

麻理沙は身体をくるりと回し、あらためてぼくに向き直った。

「遠いのにどうして」

ころころと珠《たま》を転がすような甘い声。

「研修旅行です」

「何年生？」

「初級の五——六年です。一二歳」

ぼくはなぜか小さな嘘をついた。

「六年生？　研修旅行ってこの時期だったかな」

麻理沙は首を傾《かし》げた。

「うちは夏期休暇の最初にやるんです」

ぼくは急《せ》き込んで言った。

「ふーん」

彼女は追及しなかった。

「名前は？」

「え」

「あなたの名前。プロフバルーン落としてるんだから」

麻理沙はそう言って、ぼくの胸を人差し指で突くふりをした。

指先がコートにかすかに触れる。それだけで指の接点から熱が拡がり、胸に入り気道を塞《ふさ》ぎ、心臓を押し潰《つぶ》すかのようだった。

「葦船《あしふね》」

ぼくは喘《あえ》ぐように答えた。

舌が妙に粘《ねば》ついた。

「葦船、彰人《あきと》です」

麻理沙はまた首を傾げた。

アシフネ、アキト、と噛《か》みしめるように繰り返した。

麻理沙は少しのあいだ眉《まゆ》を顰《ひそ》めた。早口でふたたび呪文《じゅもん》のような言葉を囁《ささや》く。母音の多い、音楽的な響き。

火星の住民はひとつの言葉しか話さない。教育課程は火星語しか教えない。地球にはいまだに数千の言語があり、大半の地球人は複数の言語を操って生活をしていると知ると火星人はみな当惑する。それでもぼくたちは、法的にはそれぞれの過去の多様性を尊重することにはなっていて、ぼくもまた、七世代ほどまえに自分の祖先が日本と呼ばれる小さな島からやってきたことを初級三年で教わっていた。

麻理沙の呟きはそのとき教室の端末《たんまつ》から流れ出した言葉に似ていて、ぼくは口を開こうとした。

けれども彼女は笑顔に戻って言った。

「で、彰人くんはここでなにしてるのかな」

腕を組んで続ける。

「スタッフ以外立入禁止だよ」

「そうですか」

「拡張知覚、なんで落としたの」

「……落としたかったから」

「よくない答えだな」

麻理沙は溜息をついた。

「先生に連絡してもいいんだよ。それがわたしの仕事だし」

「やめてください」

「じゃあちゃんと答えなよ」

ぼくは俯《うつむ》いて言った。

「――ひとりになりたかったんで」

「ひとりに」

「ええ」

「友だちいないの」

「ちがいますよ」

ぼくは顔を上げた。

「こんな研修旅行、うんざりなんです」

意地になって続けた。

「火星に必要なのはナノコーディングや惑星物理の知識。地球の歴史なんて、ぼくの人生に関係ない」

「人生ね」

麻理沙は小首を傾げた。

「なんですか」

「べつに」

「ばかにしてるんですか」

「してないよ」

麻理沙は静かに続けた。

「わたしも歴史は嫌いだもん」

「……」

ぼくは麻理沙の顔を覗き込んだ。彼女はなにかを悼《いた》むような、あるいは憐《あわ》れみを抱いているかのようなじつに複雑な表情をしていて、一一歳のぼくにはその意味は読み解けなかった。ぼくたちふたりは、だれもいない静かな回廊で、火星の心細い日光だけを浴びて無言で向かいあった。

麻理沙は打ってかわった明るい声で告げた。

「ねえ」

明るくなったり沈んだり、不安定なひとだとぼくは思った。

「ちょっとつきあう?」

そう言ってぼくの左手を摑んだ。

ぼくたちは手を繋《つな》いで回廊を駆け抜けた。

湾曲《わんきょく》が少しずつ急になった。回廊はかたつむりの殻《から》のように螺旋《らせん》を描いているようだった。行き止まりにエアロックが現れた。麻理沙はおおげさに左右を見回し、気密扉をそっと開いた。

なかの部屋は小さく、両側の壁に沿って長いベンチが置かれていた。麻理沙はひとり倉庫に入り、真っ赤な防寒服を二着と気圧調整用のイヤーピースを二組、古びた呼気用の分子フィルタをひとつ抱えて現れた。

フィルタをぼくに手渡すと、麻理沙は長い髪をうしろで纏《まと》めた。防寒服の上着を頭からざっくりと被《かぶ》る。

「大島さんのフィルタは」

「ここの高度はマイナス三〇〇〇近いから、大丈夫」

麻理沙はぶかぶかのパンツにブーツを通し、ワンピースの裾《すそ》を乱暴に押し込みながら答えた。プリーツの襞《ひだ》が捲《まく》れ上がり、白い太腿《ふともも》が覗いた。

ぼくは目を逸《そ》らして言った。

「それならぼくも大丈夫です」

「彰人くんはまだ初級だし」

「子どもあつかいはやめてください」

ぼくはフィルタを突き返した。

「いっしょに規則破るんだから」

麻理沙は一瞬きょとんとしたあと、ぷっと唐突に噴きだした。抗議しようとしたが、腹を抱えてごほごほと咳《せ》き込む彼女の笑顔には抗《あらが》えなかった。わかったわかった、ごめんね、でもわたしはちょっと特殊なのよと彼女は言った。ぼくの首に両手を回し、頰に手を添えてフィルタを強引に口もとに吸着させた。吐息が顔にかかった。

ぼくが防寒服を被り終えると、麻理沙はイヤーピースを耳に押し込み、いきなり扉を開けた。

ごう、と低い音が鳴り室内の空気が勢いよく吐き出された。強風に押され身体がよろめいた。

鼓膜が張る。

オゾンの臭気がかすかに鼻を突いた。

火星の大気。

火星人はほとんど外気に触れない。火星の多くの都市は、与圧された巨大な公共空間のまわりに、二〇〇年近くの時間をかけて無秩序に貼《は》りついた私有空間の群れで作られている。公園と街区、住居と店舗《てんぽ》、研究機関と交通施設、すべては与圧空間で結ばれ、都市間の移動ですら気密扉を潜《くぐ》る必要はまったくない。それはまだいまほど惑星改変が進んでいなかった時代、平均大気圧が数ヘクトパスカルでとても自然呼吸など不可能だったころの名残《なごり》だった。

麻理沙が足を踏み出した。

戸惑《とまど》いながらあとに続いた。

赤い大地が拡がっていた。

目のまえに黒いドーム。

円形の天井がそのうえに被さっている。

さきほどまでいたホールの床下だった。ぼくはゆっくりとドームに歩み寄った。ドームの高さは三メートル、直径は五メートルほどで、表面は手のひらほどの大きさの正三角形のフレームで覆《おお》われていた。フレームには柔らかな黒い膜が張られ、風が吹くと波紋を描いた。手袋を通してやさしく押すと、粘土のようにかすかに凹《へこ》み、指先にかすかに貼りつく感覚が残った。首を左右に曲げて角度を変えると、内部がかすかに窺《うかが》える。

三本の脚《あし》が突き出た不定形なシルエットが見えた。円形の皿を弱々しく宙に伸ばし、円筒形のユニットが二つ屋根に載っている。子どものころから、ヴィドとインタラクティヴで繰り返し繰り返し見せられてきた火星開発の起源。アメリカ航空宇宙局、宇宙航空機識別番号１９７５－０７５Ｃ。

ヴァイキング一号着陸機。

ぼくは顔を上げた。

真上にドームとほぼ同じ直径の円形の穴が穿たれている。縁《ふち》に人影が見えた。軽い目眩《めまい》がした。わずか一〇メートル。けれどもそれはまるで二つのまったく異なった世界を隔てているようで、ぼくは呆然とその開口部を眺め続けた。フィルタから白い吐息が漏れた。影の一群が去り、かわりに背の低い影の一群が現れる。開口部はドームと同じように偏光性の薄膜で覆われ、下からではほとんど光が通らない。それでも瞳を凝らせば顔が判別できるかのようで、ぼくはまるで亡霊のようにホールを注視し続けた。同級生はきっとまだそこにいる。教師もきっとまだ少年を追い続けている。それが信じられなかった。麻理沙と会ってからまだ十数分のはずなのに、もう何時間も何日も経《た》ったかのようだった。

影のひとりと目が合った。

「見つかっちゃうじゃない！」

麻理沙が二の腕を摑んでぼくを引き離した。

「こっち」

彼女はそう囁くと、ドームに背を向けて大股で歩き始めた。ぼくは慌ててそのあとを追う。

そのまま記念堂の敷地を抜けて、大型重機と建築資材が並ぶ広大なバックヤードを通り過ぎる。拡張知覚を起動していたら無数の警告で視界が埋まり、一歩もまえには進めなさそうな場所だった。もしかしたら麻理沙も拡張知覚を落としているのだろうか、とそのときぼくははじめて気がついた。赤い岩石の転がる原野へと足を踏み入れた。

どこへ行くの、と背中に問いかけた。

「あの火星遺産、嫌いなの」

麻理沙は振り向かずに答えた。

ざくざくと、砂礫《されき》を踏むブーツの足音が響いた。

「もっとすてきなものを見せてあげる」

「すてきなもの」

ぼくは繰り返した。

「そう」

彼女は独り言のように言った。

「わたしたちの孤独を癒《いや》すもの」

ふたりの距離が開き、ぼくは小走りで追いかけた。道はいつのまにか上り坂で、薄い大気で息が上がった。麻理沙は歩みを緩めなかった。さっきまではあんなに子どもあつかいしていたくせにと、ぼくは心のなかで悪態をついた。フィルタを張らない麻理沙の顔は、頰が染まり、唇が一文字に結ばれていた。

丘の頂きに辿りついた。


それはクリュセの夏。

薄紅色《うすくれないいろ》の空を、綿菓子《わたがし》のような高層雲が流れる昼下がり。

ぼくは息を整え、丘の麓《ふもと》を振り返った。開星記念堂が見えた。

屋上に皿状の装飾が載せられ、台形の建屋は三本脚で支えられていた。ああそうか、あの建築は探査機を模していたのかとぼくははじめて気がついた。その背後、地平線の彼方から白い排気がまっすぐ立ち上っていた。チャールストンクレーターの核融合炉だろうか。火星では太陽光も地熱も役に立たない。

防寒服の袖口《そでぐち》表示を確認した。

気温マイナス三度、気圧四二〇ヘクトパスカル。

地球でならその気温はシベリアの夏よりも低く、気圧はチベット高原よりも低い。

それでもそれは奇跡だった。三世紀にわたり集光鏡が倍加した日光を送り込み、核融合炉が永久凍土を溶かし水蒸気を解放して作られた、透明で無垢な人類史上最大の人工環境だった。

ぼくは頬に貼りついたフィルタを剝《は》がし、イヤーピースを抜き取った。

冷気を胸いっぱいに吸い込み、両手を組み頭のうえに伸ばす。

静かだった。

麻理沙がぼくの肩を軽く突いた。

背後を指さしていた。

その指先を追った。

円形の窪《くぼ》みが拡がっていた。

ぼくたちは小さなクレーターの縁に立っているのだった。

底に池があり、直径二〇メートルほどの水面が開けていた。

いいや、
自由水面。

「驚いた?」

麻理沙は言った。

麻理沙は白い息を吐き出しながら、横に立つぼくを見下ろして得意満面の笑みを浮かべた。腰に拳《こぶし》をあて、えっへん、とでも言い出しかねない表情だった。

ぼくは声もなく頷《うなず》いた。

「まだあるの」

麻理沙はそう言うと、クレーターの内壁を駆け降りた。

底にはまだ雪が残り、そのあいだで植物が自生していた。市街でよく見る大気改変植物だけでなく、見慣れぬ草木もところどころに生えていた。岩は薄緑色の苔《こけ》で覆われ、火星向きに遺伝子改変を施されたものだろうか、地球産を思わせる黒褐色の高山植物がコロニーを作っていた。火星では生体の自己複製に厳しい制限が課されている。ぼくはそれまで、火星の都市と法の外側に、それほど豊かな生態系が拡がっていることを知らなかった。

茂みを掻き分け、麻理沙はぼくを水際《みずぎわ》へ導いた。

淵《ふち》のへりにしゃがみこみ、水面を指さす。

「ほら」

ぼくは麻理沙の傍《かたわ》らで目を凝らした。

ガラスのような氷が薄く張っている。

「魚がいるの、見える？」

――見えた。

ぼくは麻理沙の顔を見上げた。

火星では水は稀少財だった。自然降水が起きてから二〇〇年しか経っていなかった。

雨の大部分は乾いた砂礫に吸い込まれ、あるいは氷河として凝固し、海と呼べるものはかろうじてヘラス盆地にひとつ開けているだけだった。火星の公園には池も噴水もなく、ぼくたちは積乱雲や雷雨を映像でしか見たことがなかった。

だから、こんな場所に未管理の水面がこっそりと開け、生物が棲《す》まっているのは奇跡だった。

薄氷の直下、透明な液体のなかを緑の繊維が漂っていた。そのあいだを、長さ数センチの橙色《だいだいいろ》の流線型の生物が群れをなして移動していた。火星には動物園も水族館もない。だからぼくは、それがどのような名で呼ばれる魚で、どうしてこの惑星に適応できているのか、まったくわからなかった。けれどもたしかに生きていた。ひとに管理されずに生きていた。すっと動いては止まり、そしてまたすすと動く魚たちのリズムは、まるではじめて耳にする音楽のようだった。

ぼくは囁くように言った。

「これから冬なのに」

「ここは真冬でも水が凍らない」

麻理沙は水面を見つめたまま答えた。

「きっと、配気管か配水管が地下を通っているのね」

「なぜ魚が」

「チャールストンが近いから、だれかが放したんじゃないかしら。殖《ふ》えるといいね。魚ってどうやって繁殖するのかしら。彰人くん、知らない？」

ぼくは首を振った。

隣に腰を下ろし、横顔を覗き込んだ。

麻理沙はふしぎな表情を浮かべていた。唇がかすかに開き、左の頰に笑窪《えくぼ》ができていた。小さな糸切り歯が覗いていた。けれども眉は硬く寄せられ、黒い瞳は水面を突き刺し深く遠くどこかこの世ではないものを見ているかのようだった。剝《む》き出しの日光のもとで見ると、唇がかすかにひび割れていた。

ぼくは尋ねた。

「これが、麻理沙さんの見せたかったものなの」

「そうだよ」

麻理沙は答えた。

「生きる気力が湧《わ》いてこない？」

ぼくと目を合わせた。

「火星ってうしろ向きだよね。だからこのガイドの仕事が回ってきたとき、わたしほんとにうんざりしたの。単位になるからやるけど」

麻理沙は少し黙ったあと、続けた。

「けど魚には火星の未来が見える」

「未来」

ぼくは繰り返した。

麻理沙は独白のように続けた。

「ここは火星の北半球、北緯二二・四八度、西経四七・九七度。クサンテ大陸がアキダリア海へ落ち込む湾状地形、クリュセ低地の西端。かつて、アレス、ティウ、サイマッド、シャルバタナの峡谷から大量の河水が流れ込み扇状地を形成した大洪水の地。そしていまから数千年後には、北半球を覆う大海が二つの大陸のあいだに貫入する、巨大な海のしたにふたたび沈むはずの地」

麻理沙は唐突に立ち上がった。

上半身を回し両腕を拡げる。

ぼくは麻理沙のすべてを記憶している。けれども、そのときの麻理沙の声と身振りと、そしてぼくを包んだ甘い匂いは、とりわけはっきりと記憶している。彼女は防寒着のフードを外し、ふるふると首を振った。汗が気化し、白い靄《もや》が立ち上がった。黒髪がこぼれ落ち、低重力下でふわりと半円形に拡がった。黒い丸い瞳が、ふたたびくるくると回った。ぼくは麻理沙の空気に包まれていた。その空気を肺の奥まで吸い込んだ。

彼女は告げた。

「ここはいつか海の底になる。わたしたちの頭のうえに、何十メートル、何百メートルも水が満ちる。火星に魚がやってくる。クジラやイルカやサメやタコやカメがやってくる。もうそのときは人間なんていないかもしれない。それが、わたしたちの本当の未来。テラフォーミングの帰結」

赤い防寒着の胸元から、漆黒《しっこく》のワンピースが覗く。

ぼくはなぜかその対照から目が離せなかった。

「どんな魚が泳ぐのかな。わたしはいつもそんなことばかり考えているの」

ぼくはこのようにして恋に落ちた。

一一歳でもひとは恋に落ちるのだ。

ぼくたちは個人情報を交換しなかった。

2

拡張知覚を再起動し、記念堂に帰ったぼくは、予想どおりこっぴどく怒られた。続く日程は取り消され、ぼくはひとりで自宅に送り返された。両親にも叱《しか》られたはずだが、そちらの記憶はふしぎなことにほとんどない。

それはおそらく麻理沙のことばかり考えていたからだ。彼女は同じ町に住んでいる。名札の文字列が目に焼きついていた。

アマルティア・セン二級自治市は、火星東半球最大の火山、エリシウム山の麓《ふもと》の渓《けい》谷《こく》に開けた古い町だ。主な産業は第一次産業で、研究機関やクリエイティブ産業はほとんど存在しない。世帯の半数は、気圧が高い地溝地形を利用した、三〇〇年前から変わらないドーム農業に従事している。人口はかつて三〇万を超え、州最大の都市だったこともあったが、若年世代の流出と高齢化が進みいまでは一〇万を切り始めている。義務教育を終え起業や研究を希望する若者は、ほとんどが隣接するユートピア州のブラッドベリやイシディス州のバロウズに転出する。アマルティアに一〇代の若者が集まる場所は、数えるほどしかない。

だからぼくは、帰れば麻理沙にはすぐ会えると思っていた。そしてそのような再会のほうが、どこかロマンティックだと感じていた。そんな偶然を信じていたからこそ、ぼくは彼女のアドレスを尋ねずに手を振って別れたのだ。

けれども、彼女にはどうしても会えなかった。数ヶ月のあいだ、学校からの帰り道、あるいは休日、公園やモールや農場や、さらには何十年もまえに打ち棄てられた住居地区の路地にいたるまで、ぼくはひとりで、ただ記憶にある名前だけを頼りに町中をさまよったけれども、なんの手がかりも発見することができなかった。麻理沙は未成年でぼくも未成年だから、市民登録を参照することもできなかった。とはいえ、たとえ市役所のデータベースを漁《あさ》ったところで、当時のぼくでは麻理沙の名前を見つけることはできなかっただろう。

ぼくは失望と後悔に苛《さいな》まれながら、じりじりとつぎの「夏」を待ちわびた。

火星では地球暦と火星暦が混在している。火星暦の一年は地球暦の二年弱にあたる。

ビジネスは火星の季節を反映した火星暦で進むが、教育はいまだ地球年換算の年齢を基準としているため地球暦で進む。ぼくと麻理沙が出会った二四四五年の「夏」は、火星の南半球では初夏、エリシウムやクリュセがある北半球では晩秋にあたっていた。

ぼくは、もし麻理沙が一六歳の「夏」にクリュセでの奉仕活動を選んだのなら、一七歳の「夏」も同じところで働く可能性が高いと考えた。再会する機会はそれしかありそうになかった。ぼくはアルバイトを始めた。そして地球年での一年後、地球暦二四四六年七月、火星暦一〇八年霜月《しもつき》、惑星の公転が遠日点に近づき北半球が長く穏やかな夏を迎え、初級学校が休暇に入るとすぐに、ぼくはささやかな貯金を注ぎ込んでコミュータグライダーに飛び乗った。ぼくの乗ったフライトは、経度を一〇度横断するごとに一回は着陸する各駅停車の格安路線で、ぼくはただひとり狭いかび臭いシートに座って骨董品《こっとうひん》もののラムジェットエンジンに一〇時間近くも揺られ続けた。機内食をしこたま吐いて、バスを乗り継ぎようやく記念堂に辿《たど》りついたときには、もう夕方で閉館時間が迫っていた。

記念堂の入口で大島麻理沙というボランティアの女性がいるかと尋ねると、スタッフの個人情報は教えられないと告げられた。怪訝《けげん》な顔をした職員に、ところできみはなぜプロフバルーンを落としているのかと尋ねられ、ぼくは慌ててチケットブースを立ち去った。ぼくは拡張知覚を落としていた。両親には友人と小旅行に出かけるとだけ伝えていた。ぼくはふらふらとゲート近くのベンチに座り込んだ。

そこはホール外周の回廊の一部で、目のまえにはクリュセの平原を望む大きなガラス窓が拡がっていた。ぼくは薄桃色《うすももいろ》の小さな落日を眺めながら、あの起伏のいずれかが麻理沙と行ったクレーターなのだろうかと思いを馳《は》せた。さてどうしようか。麻理沙の名を叫びながら、記念堂内を走りまわるべきだろうか。ぼくは溜息《ためいき》をついてうなだれた。いますぐ空港に戻り定期便を摑《つか》まえれば、明日未明にはアマルティアに辿りつける。拡張知覚を落とした一二歳の少年に宿泊を認める酔狂なホテルがあるとは、とても思えなかった。

耳朶《みみたぶ》に指を遣《や》り、拡張知覚を起動しようとした。

そのとき、うしろから、ぽんと頭を叩《たた》かれた。

振り向くと麻理沙がいた。

「やっぱ彰人くん」

一年前と同じ制服を着て、同じ名札をつけていた。髪は短くなり肩のうえで揃《そろ》えられていた。頰《ほお》が夕陽で橙色《だいだいいろ》に輝いていた。

彼女は笑って言った。

「男の子がわたしの名前を尋ねたって聞いて、すぐ彰人くんだと思ったんだよね。わたしって天才？」

泣き出しそうになった。目に滲《にじ》む涙をごまかすため、慌てて立ち上がろうとした。床に置いたリュックの肩紐《かたひも》に足を引っかけ、ぼくは思いきり転倒した。

「だ、だいじょうぶ?」

麻理沙はぼくを抱き起こそうとした。ぼくは床に寝ころんだまま大丈夫と答え、そしてふたりは、顔を見合わせて同時に吹きだした。

肩をさすりながら立ち上がると、麻理沙は、背伸びたねと感心したように言った。麻理沙の顔の位置は、一年前に較《くら》べずいぶんと低くなっていた。声も変わったよとおどけて喉《のど》を押さえると、彼女は、そっか、もう中級だもんね、とどこか寂《さび》しそうに呟《つぶや》いた。

閉館のアナウンスが響いた。帰宅の手段がないと言うと、麻理沙はぼくを彼女の宿舎に誘った。

宿舎はバスで三〇分ほどの小さな街にあった。三〇年ほどまえ、火星植民三〇〇周年を当て込み惑星全土にファミリー層向けの安価な観光ホテルが乱立したことがあった。学生ボランティア向けの宿舎はそのひとつを改装したもので、空気はかび臭く入場認証すら機能していなかった。おかげでぼくは、拡張知覚を落としたままで麻理沙の部屋に忍び込むことができた。麻理沙もまた、一年前と同じように接続を落としているように見えた。地球の複数の言語で書かれた案内板が、ロビーの床に埃《ほこり》を被《かぶ》って転がっていた。

部屋は殺風景でソファがあるわけでもなく、ぼくはベッドの端に腰掛けた。ぎこちない沈黙が流れ、麻理沙はごはんでも作ろうかと言ってそそくさと席を立った。

部屋には小さなキッチンがついており、彼女は鼻歌を口ずさみながら白い穀物を鍋《なべ》で煮始めた。見知らぬ調味料の甘ったるい匂いが流れ、ぼくはそのすきに拡張知覚を起動して、両親に短いメールを送ってふたたび接続を落とした。ふだんならば動画でも再生して暇《ひま》を潰《つぶ》すところだったが、なぜかその部屋でネットワークに接続し続けるのは麻理沙に失礼なように思われた。

麻理沙が、動物性蛋白《たんぱく》のパテと緑の菜《な》っ葉《ぱ》が入ったどろりとした流動体を皿に取り分けた。拡張知覚を落としているので、視界には原材料名が表示されない。

「これはなに」

「コメ」

麻理沙はスプーンで白い流動体を掬《すく》い、もぐもぐと口を動かしながら言った。

「カユという料理。火星語ではポリッジもしくはジョウ。伝統的な調理法では煮るのではなく蒸すのだけど、ソースは地球からもってきたから味は近いはず」

そのときのぼくはコメという名の穀物を知らなかった。火星の土は貧しかった。土壌改良を三世紀にわたって繰り返しても、土壌内有機物が決定的に少ないので地球産の多くの穀物は育たなかった。あるいは育っても味に問題があった。コメは火星の植民史においてなんどか導入を試みられ、そのたびに失敗し一〇〇年ほどまえに放棄されたいわくつきの穀物だった。

ぼくは目を瞑《つぶ》って、長さ五ミリほどの白い種子が溶け出した、妙にねばねばした流動体を口に含んだ。

甘く香ばしい匂いと、舌先を包み込むような柔らかな感触が口内に拡がった。

「……うまい」

ぼくは目を見開いた。

「でしょ」

麻理沙は得意げに言った。

「わたしたちの先祖はこんなもの食べてたの。最近ようやく作れるようになったんで、お披露目。——でも、彰人くんは男の子だから物足りないか。基礎配給のカロリーバーもあるよ、チョコレート味とパイナップル味」

そう言って麻理沙は、エプロンのポケットから毒々しい紫のロゴで包まれた長方形のパッケージを取り出した。ぼくは怒ったふりをしてそれを突き返した。

麻理沙が笑い、緊張が解けた。

ぼくたちはその晩、一睡もせずに途切れることなく話し続けた。なにを話したのかはよく覚えていない。おそらくはたわいもないことだったはずだ。好きなテクス、好きなヴィド、好きなアーティスト。麻理沙はベッドに、ぼくはそのしたの床に毛布とコートを敷いて横たわっていた。ベッドからはみ出た麻理沙の左手は少し手を伸ばせば摑めそうで、ぼくの心はずっとその距離に奪われていたけれども、現実にはぼくは一二歳の子どもでしかなかった。

翌朝、ぼくは空港へ、麻理沙は開星記念堂へ、異なるバスに乗って別々の方向に向かうことになった。

バスターミナルで別れたぼくたちは、またもや個人情報を交換しなかった。ぼくは麻理沙のプロフバルーンを喉から手が出るほど覗《のぞ》きたかったけれど、彼女にネットワークへ接続してくれと頼むことはなぜかできなかった。ぼくはまだ、一二歳ではなく一三歳だと、初級学校の生徒ではなく中級学校なのだと年齢を偽り続けていて、アクセスエージェントを交換した瞬間にその嘘が明らかになるのを怖れてもいた。

「手紙《レトル》を出して」

麻理沙はそんなぼくに告げた。

「手紙ってわかるかな」

そう言って彼女は小さなプレートをぼくの手に押しつけると、バスのタラップに足をかけて手を振った。ぼくは呆然とそのすがたを見送った。手許《てもと》のプレートを見下ろすと、丸い書体で、コンタクトアドレスでも認証番号でもなく、緯度と経度が殴り書きで記されていた。

ぼくは帰りの機内で拡張知覚を再起動した。視界を覆い尽くす両親からのメッセージを最小化し、麻理沙の呟いた聞き慣れない言葉を検索にかけた。ぼくはそれが、火星では二世紀前に使われなくなった古い地球語で、電子化以前の物理媒体《ばいたい》メールを意味する言葉であることを知った。

帰宅の翌日、ぼくは半信半疑で宅配サービスを呼び、同じような大きさのプラスチックプレートにレーザーポインタで拙《つたな》い文字を刻み込んで担当者に託した。

ひと月後に麻理沙から返事が届いた。

ぼくは驚いてふたたびプレートを発送した。

麻理沙はぼくに手紙の書きかたをいちから教えた。ぼくは二度目からはプレートを使うのはやめ、彼女の指示のとおりに、通販で手に入る商品包装用の高分子膜を切り取り、便箋《びんせん》を作り封筒を折って手紙を出した。文字をレーザーで刻むのではなく、インクで書き記すことも覚えた。

火星には森林がない。植物はすべて貴重な食糧源となる。それゆえ火星には加工用の自然繊維がなく、記録媒体としては紙も不織布も使われていない。そもそも植民が始まった二二世紀には、地球ですら電子媒体が一般化しており、紙文化が火星に入る必然性はまったくなかったのだ。何百グラム、ときに一キログラムを超える紙の書籍を火星まで運ぶのは狂気の沙汰《さた》で、したがって火星には本もまたほとんど存在しない。火星人の多くは、生まれてから死ぬまで、文字を紙に記したり、文字が印刷された紙をめくったりする、そんな体験をいちどもすることがない。

火星人にとって、すべての情報はネットワークに電子的にのみ存在する。火星人のほとんどは体内にナノインターフェイスを埋め込み、たえずネットワークに接続し情報を拡張知覚に表示して仕事し生活している。友人関係を築くとは、この惑星では、たがいのアドレスとエージェントを交換し、いつどこにいても、あるいはだれといても、網膜上にたがいの呟きがだらだらと流れ続ける、そのような無制限の繋《つな》がりを意味している。

麻理沙がそのような関係を避けているのはたしかだった。けれどもそのときのぼくはその理由までは考えが及ばなかった。ぼくは麻理沙に促されるまま奇妙な文通を続け、ただ彼女と連絡が取れることだけを喜んでいた。

ネットワークですべてが繋がった、太陽系でもっとも知的でもっとも電子的な惑星のなかで、麻理沙とぼくのふたりだけは、まるで何世紀もまえの地球に戻ったかのように、相手の状態も居場所もわからないまま、手書きの文字を薄膜のうえに刻み、たがいの気持ちを探り続けた。

いまのぼくならば、せめて理由を尋ねるぐらいはしたことだろう。そしてもしぼくがそうしていたら、運命も多少は変わっていたことだろう。

けれども、ぼくはまだどうしようもなく幼かった。


夏が終わり、中級学校に進学した。

少しだけ気持ちが軽くなった。

麻理沙とぼくは、手紙で待ち合わせ場所を決め、数ヶ月にいちど市内で落ちあうようになった。待ち合わせはいつも平日の夕方で、ふたりは暗黙の了解として必ず拡張知覚を落としていた。ぼくはいつになってもエージェントの交換を言い出せず、別れるときはまたつぎの季節ねとだけ言われ手を振った。

一三歳の夏に背が麻理沙を超えた。一四歳の春にはじめて麻理沙の手を握った。一五歳の冬に同級生とキスをした。ぼくは数日間言いようのない懊悩《おうのう》に囚《とら》われ、麻理沙に手紙で告白した。その件についてはなにも返事がなく、二週間後に彼女はいつもと変わらぬ笑顔でぼくを迎えた。

そのころの麻理沙は二〇歳になっていた。彼女に恋人がいるのかどうか、ぼくのことをどう考えているのか、いやそれ以前にそもそも彼女はなにものなのか、出会ってから四年が経ち手紙だけは何十通も往復しているというのに、ぼくはなにも情報を得ることができていなかった。

それは一種の麻痺《まひ》だった。麻理沙については知りたいことが山のようにあった。抱きしめたいとかキスをしたいとか、欲望も抱いていた。それなのに、現実の彼女をまえにすると、ぼくはまるで金縛《かなしば》りにあったように尋ねたいことをなにひとつ口に出せず、流行の音楽について、流行のテクスについて、流行のヴィドやインタラクティブについて、薄っぺらな会話を交わして笑いあうことしかできないのだった。

ぼくは手紙を出していたのだから、彼女の物理アドレスを知っていた。宛先の数列は、アマルティアの気密エリアコンプレックスの外、農場や研究所を含んだ市域を囲む高い崖《がけ》の上部を指していた。それは本来ならばひとが住むはずのない原野だったが、衛星写真を呼び出せば、たしかにそこにひとつ小さな家があり、道があり木立があることは確認することができた。けれどもぼくはそこもまた訪ねることができなかった。麻理沙の正体を暴くため、気密エリアを離れて火星の薄い大気のなかをひとり何キロも歩くことは、なにかふたりにとって大切な思い出を壊してしまう、決定的な冒瀆《ぼうとく》のように思われた。

麻理沙は謎《なぞ》だった。その謎を失うのが怖かった。

一六歳になったぼくは、麻理沙を忘れようとした。

ぼくは返事を出すのを止《や》めた。彼女からもらったプレートとすべての手紙をまとめて箱に入れ、粘着テープでぐるぐる巻きにして封印しクローゼットの奥に押し込めた。同級生のこれといって特徴のない女子をデートに誘い、関係を結んだ。付き合いは数週間と続かなかったが、はじめての性は体験した。夏が来ると、夏期長期ボランティアの徴集が始まった。ぼくは勤務先の希望欄に、無意識のうちにクリュセの開星記念堂と入力していて、気がついてすぐさま削除した。

希望欄を空白のままにしておいたら、ダイダリア゠シュリア州の軌道エレベータが割り振られた。

地球や月と異なり、火星には軌道エレベータはひとつしか存在しない。しかも、静止軌道の真下、つまり赤道上にしか開設できない時代遅れの周天同期型エレベータだ。地球月圏の軌道エレベータが新技術を活かしてつぎつぎと再建設を繰り返すなか、基本的には植民者たちの惑星で、重力圏からの離脱需要が低い火星では、初期に建設されたエレベータがずっと実用に供されてきた。エレベータは、ダイダリア高地に聳《そび》えるタルシス三山のひとつ、重力基準面から一四キロの高さにあるパヴォニス山の頂上に、一万七〇〇〇キロ上空の静止衛星から釣り下げられていた。

ぼくの勤務地は、その長大なエレベータの、高度六〇〇〇キロあたりに貼りつけられた中継基地兼サービスプラットフォームとのことだった。火星の衛星のひとつ、フォボスの軌道は静止軌道よりも低いため、エレベータは途中でフォボスの軌道と交わる。中継基地はその交差点に設置されており、併設の展望台からは、一日に二度、フォボスが高速で目と鼻のさきを掠《かす》める雄大なスペクタクルが望めた。火星の内外からはその光景を目的に少なくない観光客が訪れ、ぼくに割り当てられた業務はおもにそんな彼らの誘導だった。その仕事は、どこか五年前の麻理沙を思い起こさせた。

ぼくはいちども火星から出たことがなく、また出たいと思ったこともなかった。軌道エレベータを訪れたのもそれがはじめてだった。中継基地に降り立った瞬間、ぼくたちボランティアは威圧的な保安担当者に囲まれてプロフバルーンの精査を受けた。そんな経験もまたはじめてだった。

窓からはいつも真っ赤な火星が見えた。

仕事は厳しかった。勤務時間のあとも研修への参加が義務づけられており、プライベートな時間はほとんどなかった。研修では、地球から招かれた警備会社の職員が拙い火星語でテロリズムの台頭《たいとう》について熱弁を振るっていた。アレオフィリアル、アリアンスネルガル、火星自由軍、「太陽系の自治と独立を求める委員会」、さまざまな組織の名称と特徴を記したデータが、参加者の拡張知覚に半ば強制的に送り込まれた。排外主義はなにも生み出しません、みなさんがこの奉仕を終えられたあとも、それぞれの町、それぞれの学校で火星人として地球との友好を育《はぐく》んでくれることを望みます、と職員は長い講演を終え、ぼくはふたたびあのクリュセのクレーターを駆け降りたくなった。

魚たちが気になった。そういえばあのあと魚がうまく冬を越せたのか、いちども尋ねたことがなかった、なぜあんな大事なことを忘れていたのだろうと、ぼくは後悔の念に襲われた。

同級生の女子がいちどだけ訪ねてきた。ぼくは手を握ることすらなく追い返した。そして三週目に、ぼくは観念して麻理沙への長い長い手紙を投函《とうかん》した。

地球暦二四五〇年八月、火星暦一一〇年雨月《あめつき》。

雨が一滴も降らない雨月のことだった。

そう、当時のぼくはなにもわかっていなかった。

3

萌芽《ほうが》は半世紀近く前に頭をもたげていた。二五世紀初頭、人類ははじめての地球外知的種族の痕跡《こんせき》に遭遇した。太陽から銀河中心方向へおよそ三万天文単位、冷え切ったオールト雲のなかに遺《のこ》された二五個の正四面体。それは、推定重量十数兆トンから数十兆トンのミニブラックホールを一片三〇〇メートルのエギゾチック物質と余剰次元で封じ込めた超多面体であり、四次元時空の光円錐を穴だらけにしシンプレクティック多様体に変える変換装置、ひらたく言えば超光速航法を可能にする遺構だと考えられた。

人類はそれをワームホールゲートと名づけ、探査機を送り研究を始めた。研究は初期は純粋に理論的なもので、物理学者と宇宙考古学者の関心ぐらいしか惹《ひ》かなかったが、二四一〇年代に驚くべき事実が発見された。二五個のゲートのなかに、ただひと組、入場と出場の双方向性が維持され、いまだ機能する正四面体の対がある。一方のゲートに入った探査機は、いかなる相対論的時差もなく、数万キロメートルを隔てた他方のゲートから瞬時にすがたを現す。つまり、ワープする実用に堪《た》える超光速航法の技術が人類の手の届くところに存在する。

この発見は太陽系のあらゆる人々に衝撃を与えた。それは科学的発見を超えていた。もしその二つのゲートを地球と火星に配置したとしたら、数億キロの距離を超え、二つの惑星の権力と商圏がひとつになる。

人類の交通技術は、軌道エレベータと核融合ラムジェットの輸送効率が限界を迎えて以降、一〇〇年ほど足踏みを続けていた。重力制御はいつまで経《た》っても研究室規模の再現実験を超えず、二五世紀に入っても、地球火星間の有人航路は、最接近時で四日、相対位置によってはひと月近くの時間を要していた。太陽系の統一的な発展はこの時間的距離により阻《はば》まれていた。火星はフロンティアで無限の可能性に満ちていたが、あまりにも遠かった。地球月圏の人口は一三〇億に達していたが、火星にはまだその一〇〇〇分の一の人口しか住んでいなかった。

ゲートはそのような状況下に現れた。二四二〇年代には早くも、物理学者の不安と宇宙考古学者の抗議をすべて無視して、ゲート対のひとつを火星軌道上に、もうひとつを地球軌道上に曳航《えいこう》することが決定された。ジャーナリズムを賑《にぎ》わしたのは、巨額の曳航費用をだれが負担するのか、そして設置後の巨大な利益がどこに配分されるのか、その出資比率と配分比率の数字のみだった。火星の意見はだれも尋ねなかった。否《いな》、尋ねようにも、そもそも火星の意見とはだれの意見なのか、それ自体がだれにもわからなかったのだ。二五世紀前半の太陽系においては、「主権」をもつ「国家」は法的にも理論的にも地球のうえにしか存在しなかった。月は南極と同じく地球の各国家が潜在的領有権をもつ植民地だったし、金星軌道や木星圏や土星圏には小さな基地があるだけだった。では火星はなにものかといえば、一〇〇〇万を超える人口と巨大な知的産業にもかかわらず、その政治的地位はおそろしく曖昧《あいまい》だった。地球の公式見解では、火星の三〇〇年の植民事業はあくまでも民間事業で、入植者はそれぞれ一事業者と契約したにすぎず、したがって火星の市民はいまでも地球国家のいずれかの市民であるはずだ、ということになっていた。地球の国家はこの理論に基づき、どれひとつとして火星を国家承認していなかった。火星には明らかな政府があり、固有の議会と警察と教育制度があり、独自の歴史があるにもかかわらず、それは地球では大きな町内会のようなものとして処理されていた。

むろん、そのような状況を不条理と感じる政治家がいないわけではなく、火星を国際法上の「国家」に格上げしようという運動もないわけではなかった。けれども、火星はあまりに豊かで、個人主義と独立不羈《ふき》の精神が強く、市民の多くはそのような問題にそもそも関心を抱かなかった。実際、火星の政治形態が地球からどのように見えていようと、地球人が火星の特許を買い、火星のヴィドやインタラクティヴを消費してくれるかぎりにおいてはなにも実害はなかった。火星は、一八世紀のアメリカや二〇世紀のアフリカとは異なり、宗主国からあまりにも離れていたがゆえに、独立する必要がなかった。

火星はユートピアだった。

ゲートの出現がそれを変えた。地球の世論《よろん》は火星の再植民地化を訴えた。火星では独立派が支持を集めた。一部は太陽系中を巻き込んだ抗議運動を展開し、二四四〇年代も後半になると、過激なテロリズムも目立つようになっていた。曳航完了は二四五三年に予定されていた。警備会社の地球人が言ったことは大げさではなかった。けれども一六歳のぼくはそんなことには関心がなかった。そんな政治と麻理沙の秘密を関連づけて考えることなど、できようもなかった。

手紙の投函から一〇日後、麻理沙は、濃茶のビロードのワンピースにベージュのロングコートをはおり、橙色のストールを巻いて中継基地のホールに現れた。およそ九ヶ月ぶりの再会だった。彼女は両手をコートのポケットに入れて宙空を見上げ、所在なげに立っていた。黒髪を赤い髪飾りでまとめ、白い頬には薄くチークを入れて、口紅を引いた唇を尖《とが》らせていた。五年前は化粧はしていなかった、いやいままでもずっと化粧なんてしていなかったはずだと、ぼくは曖昧な記憶を辿った。

「ひさしぶり」

彼女はぼくと目を合わせずに言った。

「来たよ」

麻理沙の顔はいまではぼくの視線よりもしたにあった。頭上に赤いバルーンが浮かんでいた。

胸がかすかに痛んだ。麻理沙は接続していた。当然だった。拡張知覚を落とし個人認証を閉じたままでは、セキュリティの高いエレベータには決して乗車できない。

プロフバルーンの個人情報は、アクセスエージェントを交換しないと見ることができない。しかしぼくは基地内では、中継基地のスタッフとして来訪者の情報を制限つきで覗き込む権限を与えられていた。ぼくは麻理沙の顔を窺《うかが》った。彼女は小さく肩を竦《すく》めた。ぼくは視線でパスラインを打ち込み、バルーンに指先で触れた。アクセスが承認され、不透過の赤が半透明に変わり、ぱたぱたと小さなブロックがめくれるようにして文字列が現れた。

Emma Rzeszow : SI427-MP250647F

rra. Schiapparelli cm. / roa. LeCIMA
二四二七年生まれ。メリディアニ高原州民。女性。

スキャパレリ・コミューン在住。

ル・コルビュジエ火星建築大学所属。

エンマ・ジェショフ。

――?

本名か。

訝《いぶか》しんで口を開こうとすると、彼女は遮るように囁《ささや》いた。

「偽名だから」

「え」

「それ、偽名だから。行こ」

彼女はぼくの腕を取って続けた。

「あなたはなにも知らないの」

麻理沙に引き摺《ず》られるようにホールを出るぼくを見て、同僚が口笛を吹いた。

ぼくはその日を休みにしていた。

早足で歩く麻理沙の肩を摑み、偽《にせ》のバルーンを浮かべる理由を尋ねると、彼女は振り向きもせずに、だって彰人くんも嘘《うそ》をついていたじゃないとだけ呟き、ぼくはそれ以上なにも追及できなくなった。

ぼくたちはそのまま偽名には触れずに、九ヶ月まえと同じように無為にプロムナードを歩いた。土産物屋《みやげもの》を冷やかし、カフェで夕食を取り、世間話で時間を潰してフォボスの接近を待った。いちおうはそれが、ぼくが麻理沙を呼んだ理由だった。

火星の自転周期は地球よりもほんの少しだけ長い。火星の自転周期は二四時間三七分二三秒で、公転周期による回転を加えると、太陽に対し同じ相対位置に来るのは二四時間三九分三五秒ごとになる。初期の入植者は、その地球の一日とのわずかな誤差を調整するために、もっとも単純な方法、すなわち地球日の最後に三九分三五秒を加えて火星日とするという方法を選んだ。

だから火星の一日は二三時五九分五九秒で終わらない。二三時は九九分三五秒まで続く。今日でも明日でもない、どこにも属さずどこにも繋がらない四〇分の空白の時間が真夜中に挟まる。植民から三世紀を経たいまになっても、その空白は、火星の市民にどこかロマンティックな感情を引き起こした。

そしてその日のフォボスの接近は、その空白の時間に起こることになっていた。

麻理沙は二一時を超えるとひとりアルコールを飲み始めた。ナノマシンで一瞬で酔いから醒《さ》める酩酊剤《めいていざい》ではなく、一億キロを超え、地球からわざわざ運ばれてきた天然ものの葡萄酒《ぶどうしゅ》だった。それはグラスでも目が飛び出るほどの値段がしたが、彼女はボトルを頼み、彰人くんは子どもだから飲めないよねえと言いながらぼくのグラスにもどぼどぼと注ぎ続けた。酩酊剤の服用は火星では一三歳から許されていた。だから酔いとはなにか十分に知っていたつもりだったけれども、その紫の液体はなぜかどこか不潔な気がしてぼくは口をつけなかった。二三時になり、ぼくは酔いで足元がふらつき始めた麻理沙の腕を取り、展望室に向かった。

プロムナードは恋人たちでごった返していた。エレベータの最終便が地上と静止軌道からあいついで到着し、カップルの密度をますます高めていた。拡張知覚の共有ウインドウにフォボス接近までのカウントダウンが現れ、群衆から歓声が上がった。ぼくたちは、濃密な空気に息が詰まりそうになりながら、展望室へと向かう長いスロープをゆっくり上り始めた。

麻理沙が突然歩みを止めた。

ぼくもつられて歩みを止めた。振り向くと彼女は、さきほどまでとは打って変わった厳しい表情で、コートのポケットに両手を入れて、雑踏《ざっとう》の背中を睨《にら》み立ち尽くしていた。うしろに続いていたカップルが、地球の言葉で苦情を漏らしぼくたちの身体を乱暴に押しのけた。麻理沙は倒れそうになり、左手をポケットから抜いた。ぼくは反射的に、その細い指を握りしめて彼女の身体を支えた。

麻理沙の手はひどく冷たかった。

視線が交わった。

群衆がぼくたちふたりを避けてまえに進んだ。そこだけ時が止まったようだった。ぼくは震えそうになる声を抑え込んで、ぼくの部屋からでもフォボスは見えるけどとだけ呟いた。

麻理沙は目を見開いた。黒い丸い瞳。虹彩《こうさい》を薄く縁取る、拡張網膜特有のフラクタルエッジが光った。

彼女はまたくるりと表情を変えた。まるで子どものような、きょとんとした顔でぼくを見上げた。そして二度ほど口を開いては閉じた。長い沈黙のあと、ホールの喧騒《けんそう》に掻《か》き消されそうな小さな声で彼女は答えた。

「いいよ」

マスカラが剥《は》がれて瞳の下に散り、星のように輝いていた。

ぼくは麻理沙の手を取り、流れに逆らいスロープを下って居住棟へと向かった。パブリックエリアとスタッフエリアの境界を、麻理沙はぼくのパスコードを必要とせずに通過した。彼女はその理由についてなにも語らなかった。ぼくもまたなにも尋ねなかった。ぼくたちは人気《ひとけ》のない居住棟を、手を繋いで無言で目的地へと急いだ。

ぼくはぼんやりと予感していた。ぼくは危険を冒《おか》していた。火星の個人認証はじつに強力で、そこらへんのハッカーが趣味で偽装できるようなものではない。だから麻理沙が浮かべた偽名のプロフバルーンは、単なるいたずらではない、なにか大がかりな事件の存在を窺わせた。ぼくは小走りに廊下を駆けながら、スタッフサーバのアドミニストレーションキャラクターにクエリを投げた。拡張網膜に現れた中年女性は、エンマ・ジェショフは低重力建築を専攻とする大学院生で、所属研究室は居住棟と商業棟の基本設計に関わっており、したがって彼女にはいまでも広範囲の入室権限が与えられていると告げた。なぜそんな質問を、と眉を寄せるキャラクターの質問を、ぼくはトリプルウィンクで強制終了した。偶然とは考えられなかった。

麻理沙はそもそも、ぼくに会いに来たのではないのかもしれなかった。彼女はもう何年ものあいだ、目的をもってぼくを騙《だま》し続けていたのかもしれなかった。

しかし、たとえそうだとしても、それがなんだというのだろう。

この気持ちのなにが変わるというのだろう。

ぼくは駆けながら、麻理沙を握る手に力を込めた。

麻理沙が握りかえした。

その指先が震えていた。

「彰人くんが選ぶなら」

彼女は呟いた。

「それがきっと、運命だったんだよ」

自室の扉を開けた。

正面の窓の向こうで、ベッドのうえで、火星の赤く暗い影から、ひときわ明るい光点がすがたを現し始めていた。

麻理沙が独り言のように付け加えた。

「わたしたちの」

ぼくは無言で麻理沙を抱きしめた。


けれども、本当はぼくはそのとき通報すべきだったのだ。子どもなのに勇気など出すべきではなかったのだ。彼女の呟く「運命」という言葉に、ぼくはもっと真剣に耳を傾けるべきだったのだ。

ぼくは選択をまちがえた。

そしてそれはたしか、たどたどしい一度目の行為と、少しは自由になった二度目の行為のあいだのこと。

植民時代の初期、まだ火星が貧しかった時代に建造されたその中継基地は、さまざまな点で施設の不備が目立ち、とくに居住棟の居住性はひどいものだった。とりわけぼくのような学生スタッフに与えられた個室は、シャワーとトイレこそ付属していたものの、機能重視の殺風景なただの直方体で、空調はうるさく家具は引き出し式で、長時間くつろげるような空間ではなかった。椅子《いす》は一脚しかなく、ベッドもまた最低限のサイズで、とてもふたり並んで横たわるほどの幅はなかった。

だからぼくは、額に手の甲を載せて目を瞑《つぶ》った麻理沙をまえに身の置き場をなくし、無言のまま浴室に向かった。

戻っても麻理沙はまだ裸のままだった。

枕《まくら》もとで背を向けて膝立《ひざだ》ちになり、窓枠《まどわく》に手をかけ外を覗き込んでいた。

薄い肩甲骨《けんこうこつ》、白い臀部《でんぶ》。

「アレス、マルス、ハルマキス……」

彼女は歌っていた。

火星では初級一年でだれもが習う歌だった。

地球の古代文明が名づけた、火星の雅号を並べた数え歌だった。人類の第二の故郷、太陽系第四惑星を言祝《ことほ》ぐ甘いリズム。

「ネルガル、ティール、ホルス、インフオ……」

ぼくはその光景から目を離せず、濡れた身体も拭《ふ》かずに立ち尽くした。

横顔がうっすらと光り始めていた。火星が朝を迎えつつあった。緑の文明と白い雲にまだらに彩《いろど》られた赤い大地が見えた。暁《あかつき》の太陽がマリネリス渓谷に複雑な影を投げかけ、そのうえを圏外航空機か人工衛星か、いくつもの光点がゆっくりと動いていた。

彼女は窓に額を寄せたまま呟いた。

「きっと」

肩甲骨が羽根をもぎとられた痕《あと》のよう。

「きっと戦争になるね」

「戦争」

「ひととひととが殺しあう戦争」

「戦争なんてもう何百年も起きてない」

「それは賭《か》けるものがなくなったから」

彼女は振り向かずに続けた。

「地球はもう何世紀もまえに隅々《すみずみ》まで分割された。月はあまりに小さかった。だから戦争をする理由がなかった。けれども火星はとても大きいの。火星の表面積は地球の大陸をすべて足したものと同じ。ヘリウムもレアメタルも豊富。都市は完全に拡張知覚対応で、低重力のおかげで平均寿命は地球の一割も長い。そしてなによりも火星は太陽系でもっとも知的な惑星。地球の一〇〇〇分の一しか人口のないこの惑星が、太陽系の特許と著作権の三割を支配している」

麻理沙がベッドを降り、ぼくたちは裸で向かいあった。口紅が滲んでいた。火星の照り返しで小さな乳房と薄い恥毛がはっきりと見えた。ぼくは目を伏せた。

「三年後にワームホールゲートが届けば、地球と火星の距離は地球月間と変わらなくなる。地球でエレベータをあがり、ゲートを抜けて火星でエレベータを降りれば、ニューヨークからブラッドベリまで一日で来ることができる。地球人が押し寄せる。火星はエレベータを封鎖するかもしれない。でもそんなことをしたら軍隊が来る。それがわたしたちの未来」

「火星を侵略しても意味がない」

ぼくはテクスやヴィドで目にした発言をそのまま繰り返した。

「地球は火星が作るものなしには生きていけない。地球でも若い世代は火星を支持するはずだ」

「そうかしら」

麻理沙は首を傾《かし》げた。

「火星は楽園だもの。けれど地球はそうじゃない。太陽系の住民の九九パーセントは、国家とか面子《めんつ》とか泥くさい世界で生きている」

「地球人は愚かだから」

「それはちがうわ」

麻理沙は静かに言った。

「わたしたちも愚かなの。ただわたしたちは愚かであることを忘れている」

「それでも火星人は戦争なんてしない」

ぼくは自動機械のように続けた。

「火星には武器がない。訓練も受けていない。かりに戦争に巻き込まれてもぼくたちは逃げるだけだ。地球が火星の土地を分割したいのなら、好きにさせればいい。ヘリウムでもゲルマニウムでもテルビウムでもいくらでも採らせればいい。なんならダイモスをくれてやってもいい。地球も火星ももともと人類みんなのものだ。なにが問題なのか、ぼくにはわからない。そしてなぜいまそんな話をするのかもわからない。麻理沙さんは、なぜここに来たの。あなたは、だれ」

「人間には象徴が必要なの」

彼女はぼくの質問に答えずに言った。

「そしてひとは象徴のためなら死ねる。それはきっと脳のセキュリティホールね」

「セキュリティホール」

「そう」

麻理沙はぼくのもとに歩み寄った。腕を伸ばし、右手で左頰をゆっくりと撫《な》でてぼくの目を覗き込んだ。

その手のひらは、五年前と同じく温かく湿っていた。

もう冷たくなかった。

「アシフネ、アキト。あなたの名前は日本の名前」

麻理沙は続けた。

「知ってる？　その名前はこの星ではとてもめずらしいの。地球では日本は二世紀前に国家でなくなってしまった。日本系はいまでもおおぜいいるけれど、彼らの多くは二言語併用者で、公的な認証ではたいてい東アジアの統一音で漢字名を表示している。火星に移住するひとで、地方音を残しているひとはほとんどいない。だからきっと、あなたの名前がウェイチユアンチャンレンではなくアシフネアキトであることには、お父さまやお母さまの深い思いが刻まれているのね」

その言葉はまるで呪文《じゅもん》のようだった。

動けなかった。

吐息がぼくを包んだ。

「だからね、彰人くん。わたしはわからないの。わたしはあなたが好き。まだ子どもだったときから好き。けれども、それはなぜだろう。わたしがあなたを好きになったのは、もういちどあの場所で出会えたのは、そしていまここにこうしているのは、ふたりの身体に流れる血のせいなのかしら。あなたは日本の言葉も話せないけれど。きっと、あの小さな、いまは滅びてしまった国についてなにも知らないだろうけれど」

麻理沙は手を離した。

「……セキュリティホールって、そういうこと」

そう言って麻理沙は微笑《ほほえ》んだ。

太陽の位置が変わり、室内に光が差し込んだ。

ぼくはあらためて麻理沙の全身を見つめた。濡れた陰毛が下腹部に貼りついていた。ついさきほど、自分の指がその皮膚《ひふ》に触れ、自分の性器がその襞《ひだ》に包まれたという事実が信じられなかった。それはまるで夢のようで、それが夢ではないことを証明するために、いますぐにでももういちど彼女を抱きしめたいと思った。

けれども口を衝《つ》いて出たのは、まったく別の言葉だった。

「魚は」

口内が妙に粘ついた。貼りつく舌を引き剝がすようにして続けた。

「魚はどうなったの」

「え」

「クリュセの魚」

「あれは」

麻理沙はたじろいだように見えた。

いちど目を伏せかけ、そしてふたたび顔を上げ、睫毛を震わせて挑《いど》むように答えた。

「象徴にはなれなかった」

麻理沙は続けた。

「だから、あなたが必要になった」

麻理沙はそれきり口を閉じた。

ぼくは手を伸ばし彼女のうなじに触れた。

麻理沙はその指を唇に導いた。

朝になって服を身につけると、麻理沙は二度とぼくの身体に触れようとせず、また奇妙な会話を続けようともしなかった。ぼくたちはいつものとおりの気楽で表面的な会話を交わし、プロムナードで朝食を取り、そして彼女は地上行き始発のエレベータに笑って乗り込んだ。

麻理沙のすがたが消えると、ぼくはすぐにエンマ・ジェショフのアドレスに呼び出しをかけた。通信は見知らぬ女性に繋がり、ぼくは謝罪して接続を切った。一〇日後、ボランティアが終わり自宅に戻るとすぐにぼくはふたたび手紙を出した。こんどは手紙は届かず、宅配業者は宛先にはだれも住んでいない、いままでも住んでいなかったと告げてぼくに封書を突き返した。

麻理沙との連絡は絶たれ、ぼくはなんとはなしにその帰結を予想していたような気もし、あらためて彼女のこと、とりわけあの一夜のことを忘れようとした。

数ヶ月が過ぎた。

地球暦二四五一年一月。火星の北半球では秋が深まりつつあったある日、地球で大規模なテロが起きた。

それは静かな祝日の昼下がり。カリホルニウム系の携帯小型核爆弾による爆発が、真冬でも温暖なある大都市の、アラビア海の浜辺に面した贅《ぜい》のかぎりを尽くしたホテルで相次いで生じたのだった。標的は国際連合太陽系開発機構と惑星間ワームホールゲート運営コンソーシアムの高級事務レベル会議。爆発で開発機構の副総裁と三人のコンソーシアム役員、それに一般市民を含む二二五人が死亡し、二〇〇〇人以上が負傷した。

地球で、いや太陽系全体で、それほどの規模のテロが起きたのは数世紀ぶりで、爆発のあった都市を統治する広域国家はただちに最上位の国民保護警報を発し、地球全域に緊張が走った。国連は一〇〇年ぶりに緊急安全保障理事会を開き、地球月圏内のすべての船が月周回軌道とラグランジュ点での無期限の待機を命じられた。六つの非同期型軌道エレベータのすべてが運行を停止し、ネットワークには数兆のセキュリティボットが散布され、惑星全体の環境計算機データの解析が始まった。事件発生の情報は、光時差を抱えながら火星にもただちに伝わった。ちょうどそのとき教室にいたぼくは、教師も学生もみなが宙空のウィンドウを見上げ、光速度の遅さに耐えられず苛々《いらいら》としていたことを覚えている。それはまるで、太陽系中のネットワークが沸騰《ふっとう》したかのようだった。

そして事件発生から二〇〇分後、金星軌道の所属不明の飛行体から犯行声明が流された。

そこに麻理沙が映っていた。

麻理沙は見慣れぬ服を身につけ、聞き慣れぬ声で話していた。あの夜にクリュセの魚について尋ねたとき、一瞬だけ見せた強ばった表情で、まずは地球英語で、つぎに火星英語で、そして最後に「日本の言葉」で、一語一語、嚙《か》みしめるように空疎な文章を読みあげていた。

そこで麻理沙は、テロ実行のための自死を告げていた。

ぼくはその映像を、学校からの帰り道、商店街を歩く途中で拡張網膜のフッタに流れてきたマーキーリンクから辿った。映像を自動再生した瞬間、ぼくは息ができなくなりへたり込んだ。

その晩、自宅にアマルティアの保安執行官が現れた。戸惑う両親をよそに、ぼくは弁護士と未成年保護司を紹介され、数時間後にはエリシウムの州都に移送された。地球月圏とのぎこちない双方向通信を挟みながら、ぼくは四日間にわたって入れ替わり立ち替わりさまざまな人々から事情聴取を受けた。なかには火星語をまったく話せない担当者もいた。

彼らは麻理沙とぼくの関係を調べあげていた。六年前の夏にクリュセの開星記念堂で出会い、一年後に再会し、そのあと古風な文通を交わし、拡張知覚を落としてアマルティア市内で出会いを重ねていたことを知っていた。昨年の夏に軌道エレベータの中継基地で逢瀬《おうせ》をもったことすら知っていた。けれどもぼくたちの交わりはつねにネットワークの外部にあり、細部はなにも記録に残っていなかった。彼らが期待しているのは、麻理沙がぼくにだけ伝えた情報、ぼくにだけ漏らした言葉だったが、ぼくから彼らに提供できるものは驚くほど少なかった。

それでも彼らは、ぼくの協力を得るために、ときに脅《おど》しながら、あるいは懇願しながら、麻理沙についてさまざまなことをぼくに教えた。

彼らは、麻理沙の本当の名前として聞き慣れない響きの音を発した。麻理沙は、地球北半球の大陸の片隅の滅びた国の、失われた王朝の末裔《まつえい》であり、身元を隠すためにこの星で育てられていたのだと告げた。そして、地球の辺境の政治的な勢力と、ワームホールゲートの曳航阻止を目的とする火星の独立主義者が、地球最大の広域国家を共通の敵として奇妙な連携を成立させ、その象徴として麻理沙を担《かつ》ぎあげたのだと語った。けれども、麻理沙が死んだいま、そのすべてはぼくには無意味な情報だった。麻理沙は生きていないのかとぼくはいくどか問い、彼らはそのたびに、残念だけどあの動画は本物でホテルのセキュリティにも麻理沙の記録は残っている、彼女が自爆したのはほぼまちがいないと告げ、ぼくはせめて嘘ぐらいついてくれればいいのに、そうすればあの晩の会話ぐらいは教えてあげるのにと痺《しび》れた頭で祈るように考えた。

五日目の早朝、ようやく解放されたぼくは、州都を囲む見慣れぬ山並みを眺めながら、麻理沙の手の冷たさを思い起こし、突然のように、そうか、あのとき彼女は本当は基地を破壊するつもりだったのか、ぼくと一緒に死ぬつもりだったのかと思いあたった。

麻理沙を失って、はじめて涙が流れた。

両親が迎えに来ていた。

嗚咽《おえつ》を漏らすぼくの肩に母親が手を置き、ぼくはそれを乱暴に撥《は》ねのけた。

砂を嚙むような時間が流れ始めた。

行動には監視がつくと言われ、ぼくは通学を止めて自宅に引きこもった。父はぼくの心の物理治療を検討し始め、母が反対して家庭は不和に陥《おちい》った。報酬系を再結線すると現実認識はがらりと変わり云々《うんぬん》とぼくはカウンセラーから長い説明を受けたが、自分の頭がどうなろうと、そんなことはもはやどうでもよかった。ぼくは毎日をただ、太陽系中のネットワークから麻理沙の情報を収集することで過ごした。

　ぼくは問題の動画を何百回、何千回と再生した。震える声で、まるで機械のような語調で声明を読みあげる麻理沙は、両手をずっと下腹部のまえで組み合わせ、関節が白く浮きあがるほど強く指を絡《から》めていた。その手のかたちは、なにか大切なものを隠しもっているようにも、あるいは逆に押し潰《つぶ》そうとしているようにも見えて、ぼくは該当部分を拡大して何十時間も考え続けた。

　麻理沙にはいくつもの伝説が生まれていた。少なからぬ人々が麻理沙の死を認めていなかった。麻理沙は犯罪者だったが同時に英雄でもあり、そして英雄視の傾向は日を追って強くなっていた。ユーラシア大陸の南半分を占め、月にも小惑星帯にも広大な植民地をもつ地球最大の広域国家、中華南亜州資源共有連合体《SAAC》に対しては、そもそも太陽系中に不満が溜まっていた。麻理沙の出現は、反SAACの、そして反太陽系秩序の感情を急速に結晶化させていた。二四五一年一月のテロのあと、地球でも火星でも麻理沙のイメージを借りた不定形のテロ組織がいくつも現れ始めていた。彼女の名は、太陽系中に渦巻《うずま》く、変革への欲望の象徴になり始めていた。

麻理沙は若かった。女性で東洋系で失われた王国の血を引いていた。その容姿と背景は想像力を駆り立てるには十分で、しばらくするとネットワークには彼女の名を冠したヴィドとインタラクティヴが溢《あふ》れ始めた。その多くは、動画から麻理沙の声と身体を抜き出し、人工知能により人格をシミュレーションして作られたポルノグラフィだった。実在人格の主体複製は法で固く禁じられていたが、自殺したテロリストを対象とするのであればどこからも抗議が出るわけもなく、業者はやりたい放題で、なかには麻理沙を強姦《ごうかん》し、陵辱《りようじよく》する悪趣味な作品も少なからず存在した。映像だけではドキュメンタリとまったく区別がつかない、非合法なサーバで公開されてはすぐに削除されるそれらのデータを、ぼくはひとつひとつ、あたかもそれが贖罪《しよくざい》であるかのように、ダウンロードし、再生し、実在しない悲鳴と享楽の声に耳を傾け続けた。ぼくは、現実のあの夜の交わりを上書きするかのように、いくども繰り返しそれらポルノグラフィを再生しては、自分の記憶を重ね自慰行為を試みた。ぼくはもう泣かなかった。ただ、左の頰にはまだ麻理沙の手の熱が残っているかのようで、いつしかぼくは左頰を撫でるのが癖になった。

引きこもりは三年目に突入した。ワームホールゲートが地球と火星に到着する年、二四五三年を迎えると、太陽系の政治状況は一段と深刻さを増した。新年早々、ＳＡＣは月面の三割近くの領有権を主張し、北米合衆国およびニジェール連邦と対立し始めた。ユーラシアの出身者とアフリカの出身者が太陽系各地で衝突を始め、木星圏では事故が起きて数十人の死者が出た。火星もまた混乱から無縁ではなく、火星唯一の軌道エレベータを抱え、惑星間ゲートの火星側インターフェイスになることが約束されているダイダリア＝シュリア州は、火星英語に加えて中国語とアラビア語を公用語に加えることを早々と決定し、惑星全土を巻き込む反ＳＡＡＣデモの引き金となった。市場では軍事関連産業の株価が急騰し、不気味な予感が太陽系中を包んだ。

そしてそのかたわらで、麻理沙の名を冠した複数の組織が、地球で、月で、火星で、あるいは外惑星域で、小さなテロを繰り返していた。麻理沙の声で合成され再生されたメッセージは、テロとの戦いを宣言する地球国家を嘲笑《あざわら》うかのように、あるときは金星軌道の内側から、あるときは天王星軌道の外側から、ときに地球の深海や火星の極冠から届き続けた。麻理沙の生存を信じる多くの人々が、そのメッセージに熱狂した。

麻理沙は亡霊だった。亡霊が太陽系中を徘徊《はいかい》していた。そして亡霊は、ＳＡＡＣを中心とした広域国家体制の解体を、火星の独立を訴えていた。

惑星間ゲートの稼働まで一年を切ったある日、両親が前触れなく家族契約の終了を告げた。ふたりは月末で結婚を解消し、父は勤務先を替えて南半球へ引っ越し、母は親戚《しんせき》を頼り月面のコペルニクス市に転出するとのことだった。ぼくはこれからどうすればいいのかと尋ねると、両親は顔を見合わせ、財産は分与するしあなたはもう成人市民で基礎所得保障もあるのだから自由にしなさいとだけ言った。それはいかにも個人主義者で合理主義者の火星人らしい答えで、そして二年間一歩も自宅から出ようとしなかったぼくへの答えとしてはやむをえなかったが、それでもぼくはやはりどこかで感情の繋がりを求めていたようで、そんな答えをするりと返した両親のすがたにぼくは衝撃を受け、そしてまた衝撃を受けたことにも衝撃を受けた。麻理沙との思い出がぼくを少しだけ変えていた。

ぼくはいつのまにかひとりになっていた。

そして一九歳になっていた。

ネットワークでは、地球の国家が火星の分割で合意したとの噂《うわさ》が囁かれていた。戦争を予感し、火星を離れるひとが増えていた。義勇軍結成の動きも現れていた。どちらが正しいのかわからなかった。けれどもぼくはもう大人なのだから、ひとりで人生を決めなければならなかった。

そんなときまた手紙を受け取った。

封書に差出人の名は記されていなかった。震える指先で乱暴に封を切ると、なかにはただ一枚、あの家で、いますぐに、とだけ記されたメモが入っていた。

麻理沙の筆跡だった。
防寒具と分子フィルタを摑み外に飛び出した。
監視はもういなかった。

4

そしてぼくは崖《がけ》を登り、麻理沙の家に辿《たど》りついた。

一九歳の葡萄月《ぶどうづき》。


扉を開けた。

室内を見わたした。

初期開拓時代のデザインの、いまでは流行《はや》らない汎用《はんよう》惑星居住モジュールの一室だった。天井を無骨なダクトが這《は》い、ベージュのスマートカーペットが床を覆《おお》っている。かつて幼い麻理沙が住んでいたのか、あるいはそれを偽装するためか、部屋の隅には色褪《いろあ》せたぬいぐるみが転がっていた。窓際に置かれた古い机のうえには、時代遅れの独立情報端末と、麻理沙が封書の作成に使っていた樹脂シートがまとめて並べられていた。

目のまえの、部屋のまんなかに置かれたソファのうえに、ひとりの男が幼い子どもを抱え座っていた。

男は美しい顔立ちをしていた。ぼくをまっすぐに見つめていた。髪は亜麻色で、深い眉弓《びきゅう》の奥の瞳《ひとみ》は緑色だった。二〇代の後半か三〇代だろうと思ったが、当時のぼくには正確な年齢はわからなかった。ひと目で地球産の天然繊維だとわかる高価なスーツを身につけ、火星ではめずらしい革靴《かわぐつ》を履いていた。男は脚を組んでソファに座り、その膝《ひざ》に頭を載せるようにして黒髪の幼い少女が眠っていた。無音の室内で、すうすうと少女の吐息だけが響いた。

「麻理沙は」

ぼくは、男がだれかを尋ねることなく問うた。

「麻理沙はどこですか」

「麻理沙はいない」

男もまた、ぼくがだれかを尋ねることなく答えた。

「彼女は二四五一年に死んだ」

そして静かに続けた。

「その事実はもう覆《くつがえ》らない」

そうだ。

奇跡は起きない。この世界に出会いはいちどしかない。ぼくはそれを知っていた。それでもやはりぼくは奇跡を望んでいた。胸が押し潰《つぶ》されそうだった。

ぼくは続けた。

「彼女に呼ばれた」

「メモは三年まえのものだ。麻理沙は二四五〇年の秋にこの家であのメモを書いた。そして結局は出さなかった。きみのものだから、きみのもとに返却した」

麻理沙はもう生きていない。麻理沙の生存を主張する組織はあまたあった。それらはみな無数のヴィドやインタラクティブを制作しそこでは麻理沙の映像はまるで生きているかのように振る舞い、そしてぼくもまたときにそのすがたに騙《だま》されるふりをしていたけれど、多くの専門家はそれらはすべて複製人格だと結論を出しており、そしてなによりもこのぼくの手が、ぼくの肌が、ぼくの唇が、そこにいる麻理沙たちはだれも本物ではないと告げていた。ぼくは世界のだれよりも麻理沙の死をわかっていた。ぼくだけが、虚構でも象徴でもない現実の彼女を知っていた。

頰《ほお》が熱くなった。手を遣《や》ると涙が流れていた。

「なぜそんなことを」

ぼくは鼻水を啜《すす》り、掠《かす》れた声を絞《しぼ》り出して問うた。

「なぜそんなことをした」

その質問が、なぜ麻理沙が手紙を書いたのかという意味なのか、それともなぜいまごろ手紙をぼくに送りつけたのかという意味なのか、あるいはそもそもなぜ彼女は死んだのかという意味なのか、自分でもよくわからなかった。

「きみに会うために苦労した」

男は質問を無視して言った。

「反対も多かった」

男はゆっくりと少女の髪を撫《な》でた。

長い睫毛《まつげ》が、呼吸に合わせてかすかに震えていた。

「それでも、きみに会うことが自分の責務だと考えた」

自分に言い聞かせるように呟いた。

「あなたはだれですか」

ぼくはようやく問うた。

「きみの恋敵《こいがたき》だよ」

男は答えた。

恋敵？

ぼくは声にならない声で繰り返した。

「そう。きみよりもはるかに正確に彼女の境遇を理解し、きみよりもはるかに恵まれた環境にいて、おそらくは彼女を救い出す現実の力をもつただひとりの人間だったにもかかわらず、最後の最後で彼女に選ばれなかった情けない男」

男は続けた。

「わたしはきみに、もうひとつ、三年前の手紙を送り返すためにやってきた」

膝のうえで子どもが寝返りを打った。

言葉にならない寝言が小さな唇から漏《も》れた。

男はかすかな微笑《ほほえ》みを浮かべ、上目遣《うわめづか》いでぼくの瞳を覗《のぞ》き込んで続けた。

「きみのものだから、きみのもとに返却する」

「もうひとつの手紙？」

ぼくは呆然《ぼうぜん》と呟《つぶや》いた。

奇妙な胸騒ぎに囚《とら》われた。

なにか大切なことを忘れている気がした。

「そうだ」

男は子どもの黒髪を愛《いと》おしそうに撫でながら静かに告げた。

「これが手紙だ。この少女は、きみの娘なのだ、アシフネ・アキト」

ぼくはそのあとの会話を夢のようにしか覚えていない。

のちにその男とぼくは、そして娘は新たな運命に巻き込まれ、そこでぼくたちはまたいくどもいくども繰り返し顔を合わせることになる。けれども、麻理沙の妊娠《にんしん》をめぐる会話はそのときいちどしか行われなかった。

たしか男は言った。

「麻理沙はPHVSをオフにしていた」

PHVS。脳下垂体ホルモン認証システム。黄体形成ホルモンと卵胞刺激ホルモンのサージに介入し、排卵の時期と頻度を調整する内分泌補助マイクロマシン。火星の女性であればだれもが、第二次性徴前に拡張知覚とともに導入しているはずの、望まぬ妊娠を避ける生体制御装置。

ということは。

「麻理沙は妊娠を望んでいた」

なぜ。

あのとき、彼女は軌道エレベータを爆破し死ぬはずではなかったのか。

男は続けた。

「わたしが麻理沙の妊娠を知ったのは、例の国際会議を翌月に控えた二四五〇年の末のことだ。テロの計画はすでに完成し、麻理沙の存在はそこでネットワークに公開されるはずだった。むろん彼女は死ぬ予定ではなかった。彼女はわれわれの切り札《ふだ》であり、火星だろうと地球だろうと、自爆などで死なせるわけがなかった。実行部隊は別にいた。わたしは彼らに隠れ家を提供するはずだった。計画の細部を練っていると、彼女はなんの前触れもなくロンドンのわたしのフラットを訪れ、妊娠を告げた。父親については口を噤《つぐ》んだ。彼女は胎児の人工子宮への移植を望んだ。そして子ができたことをだれにも言わないでくれと懇願した。わたしは困惑した。麻理沙の望みを叶《かな》えるべきかどうか、自分の立場と照らし合わせて思い悩んだ。けれども結局は協力することを選んだ。わたしは彼女を、父が所有する月面の病院に送り込んだ」

　あなたはなにものなんです。

「資産家の三男坊だよ。ＳＡＡＣの半世紀以上にわたる覇権《はけん》に楔《くさび》を打ち込むため、ユーラシア大陸の辺境から駆けつけたパトロンのひとり。名前を言えば、きみもきっと覚えがあるはずだ。わたしの一族はこの星にもかなりの財産をもっている」

　麻理沙とは。

　ぼくは虚《うつ》ろな声で問うた。

　麻理沙とはどういう関係なんですか。

「麻理沙は、二世紀まえにＳＡＡＣに最後に吸収された独立王朝の末裔《まつえい》だ。組織が二〇年近くまえに地球の南半球で発見し、世論操作に利用可能だと考えて金で買い取った。わたしが彼女に出会ったのは、七年まえの火星、きみたちの二度目の出会いのちょうど一週間ほどまえのことだ。ひと目惚《ぼ》れだった。けれど、いまとなってみればわたしには最初から勝ち目がなかったのだとわかる。民族の血とはそれほど大事なものか、アシフネ・アキト」

男は吐《は》き捨てるように言った。

鋭い嫉妬《しっと》の棘《とげ》。

ぼくは気づかずに続けた。

それではあの映像は。

あの声明の映像は。いつ撮影して。

「なんだ」

絞り出すように続けた。

「あれは爆発の二週間ほどまえ、胎児移植施術直前の麻理沙が月で撮影したものだ。厳重なプロテクトがかかり、爆発のあとまでわれわれも再生できなかった。あのような内容だと知っていれば、いくらでも対処の方法があった」

男は悔《くや》しそうに付け加えた。

ああ。

ぼくは息を吐き出した。

そうか。

胸が潰れそうだった。

そうだったのか。ではあのとき、あの動画で、太陽系の全域で何百万回、何十億回と再生された有名な映像で、震える声で死の決意を読みあげる彼女の腹のしたで、関節が白くなるほどに固く組み合わされた手のひらに隠されていたのは、革命の理念でもなければ過去の王朝への憧憬《しょうけい》でもなく、ましてや火星の未来でもなく、ぼくたちの子どもだったのか。彼女はそれを死の直前に、ぼくへのメッセージとして遺したのか。

ぼくは目を瞑った。

麻理沙が死を選んだ理由について、彼女が託した希望について考えた。

クリュセの魚について考えた。

「わたしはこの子を殺そうとした」

男が唐突に言った。

ぼくはぎょっとして目を開いた。男は少女の髪に手を置き俯《うつむ》いていた。少女の足がぴくりと小さく動いた。

「いくどもいくども殺そうとした。生まれるまえも生まれたあとも殺そうとした。組織もそれを求めていた。本当は麻理沙にはもっと生きてもらうはずだったが彼女の突然の死は結果的に大いにプラスになった。だからもう麻理沙は必要ではなかった。われわれは無垢《むく》で神秘的なお姫さまとしてのみ麻理沙を必要としていた。だから娘など存在してはならなかった。それに」

男は静かに付け加えた。

「それに、わたしは純粋にこの子の父が憎かった。麻理沙を救わなかった男。麻理沙にもっとも近くで触れながら、その危機に気づかなかった鈍感な男」

男は顔を上げてぼくを睨《にら》んだ。濃緑の瞳に吸い込まれそうだった。

ぼくは目を逸《そ》らした。

男は続けた。

「けれどできなかった」

ぼくはあらためて少女の顔を眺めた。艶《つや》やかな黒髪、なだらかな鼻梁《びりよう》と丸い頬。麻理沙の面影《おもかげ》は明らかだった。それは、二一歳ではなく、一六歳のときの、あのクリュセの記念堂ではじめて出会ったときの彼女の面影で、ぼくはその子の瞼《まぶた》が開かれたとき、そこに麻理沙と同じ黒い瞳が輝いているのかどうか、見てみたいと思った。

「こちらを見ろ、アシフネ・アキト」

男が鋭い声で言った。

ぼくは見つめ返した。

涙はもう乾いていた。

「これはきみの娘だ」

男は挑むように言った。

「だからきみが決めろ。太陽系最大の犯罪者の娘で、失われたきみの祖国の王位継承者だ。きみはその世界に関わる気があるか。きみは育てるか」

そして男はぼくの瞳を覗き込んで告げた。

「選べ」


ぼくは崖を降りた。

深く広い渓谷へと下る玄武岩《げんぶがん》の崖。その崖壁《がいへき》に巡らされた、狭く細く頼りない仮設階段。ぼくはそれを一歩一歩、酸化鉄の赤塵《せきじん》を踏みしめながら降りた。

気温はマイナス一六度。時刻は午後四時三三分。眼下には故郷の町が拡がり、傾きかけた太陽が、早くも西の空に桃色の黄昏《たそがれ》を投げかけている。けれどもぼくの意識は、胸に抱いた小さな少女に集中している。風景を眺める余裕はない。少女は、防寒シートにくるまれ、顔面を気圧調整バルーンに覆われすやすやと眠り続けていた。

ぼくの娘。

麻理沙との娘。

ぼくは一九歳だ。ひとりきりだ。両親は去っていった。友人もいない。財産といえば基礎所得保障つきの市民権だけだが、そもそもこの星は戦争の予感に怯《おび》えている。前途は多難だ。

それでもぼくはこの子を育てる。この子を選ぶ。この子が本当にぼくと麻理沙の娘なのかどうか、ぼくにはそれを確認する手段はない。麻理沙は幻のテロリストで、だから彼女の正確な生体情報など手に入るはずもなく、それにこの時代、胎児の月齢を人工的に調整することはわけはない。けれども、ぼくにはなぜか、その子があの晩に授かったふたりの子どもだと確信があった。

ぼくが娘を選ぶと答えると、男は曖昧《あいまい》な表情で頷《うなず》き協力を約束した。ぼくたちが崖下に降り、市街に向かうころには、娘には仮の市民権が発行され新しいプロフバルーンが浮いているはずだった。

ぼくはこれから、職を探し、娘を育て、そして麻理沙の思い出について語ることができる日を待ち続ける。

そこからさきはべつの物語だ。

踊り場で歩みを止め、腕を組み替える。

娘を抱く手にかすかな違和感がある。手袋を嵌《は》めた指で探ると、防寒シートのあいだに硬く平らなものが忍ばされている。眠る娘を起こさないように、ぼくはそれを静かに取り出す。

それは、日に焼けて変色した小さな樹脂のかけらだった。

アルファベットが刻まれていた。

Marisa Oshima : voluntary guide @ Martian Memorial earthian english available / Amartya Sen s.a.c., EL, b.2429

大島麻理沙。

開星記念堂ボランティアガイド。

地球英語可能。エリシウム州アマルティア・セン二級自治市。

二四二九年生まれ。

あの名札。

視界がぐらりと揺れた。側頭部を思いきり殴られたかのようだった。脚がもつれ、ぼくは娘を抱え必死で体勢を立て直した。麻理沙の遺品。最初の出会いの記憶。脳裏《のうり》に一六歳の麻理沙の笑顔が甦《よみがえ》った。クレーターの底の魚を指さし、得意げに鼻を膨《ふく》らませた無邪気なすがたが過《よぎ》った。それは、男の精一杯の嫌がらせにちがいなかった。

ぼくは数分の逡巡《しゅんじゅん》のあと、その名札を崖下に思いきり投げ捨てた。

薄暗い渓谷へ吸い込まれていく、低重力特有の間延《まの》びした放物線を眺めながら、ぼくはまず娘に名前をつけないとなと考えた。

緑の瞳の男が用意したものとはちがう、麻理沙だったらつけたはずの名前を。

第二部　オールトの天使

▼オールトの雲（Oort cloud [ear]/Oort klaud [mar]）

太陽系外縁を、▼ヘリオポーズから重力圏境界にわたり球殻状に取り巻いている天体群の総称。総数は一〇の一三乗と推定され、砂粒大の微小天体から木星の二倍強の直径をもつテュケー（直径二九三〇〇〇キロ）まで種別は多岐《たき》にわたる。太陽から一万AU以近の天体は内オールト雲とも呼ばれ、また近日点がヘリオポーズ内にあるものは散乱円盤天体（SDO）に分類されるが、いずれも便宜上《べんぎじょう》のもので物理学的に異なる性質をもつものではない。

二〇世紀にオランダ（現欧州連合ネーデルラント州）の天文学者が存在を予告、長いあいだ仮説上の存在でしかなかったが、二二一〇年代の国際連合恒星間宙域探査計画第二期（UN-SEPⅡ）により実在が確認された。その後、国際機関および民間企業により、二二世紀に四機、二三世紀に一二機、二四世紀に五機の探査機が送られ、二三一〇年代にはテュケー軌道上に自律判断型無人観測基地も設置されたが、内惑星域からの距離の遠さ、および有効資源天体密度の小ささから、一部の物理学者を除《のぞ》きほとんど注目を浴びてこなかった。

　その状況を劇的に変えたのが、二四〇九年のフワリズミⅢによる▼**ワームホールゲート**の発見である。フワリズミⅢは、中東の巨大エデュテイメント・コングロマリットが資金を提供し、ＵＮＩＳＥＰⅨの一環として製作された恒星間無人探査機で、二三九六年、海王星域のウィリアム・ラッセル基地（ＳＡＡＣ信託統治領）からバーナード星系を目指し出発した。同機の軌道には、ヘリオポーズ通過直後より銀河中心方向への原因不明の加速が記録され、重力波を用いたオールト雲内の探査がミッションに追加、そこで発見されたのがワームホールゲートだった。

　ワームホールゲートは、太陽から銀河中心方向に三二一二三ＡＵ（四兆八〇五五億キロ）離れた空間に位置する、▼**太陽系外知的文明**の存在を強く示唆《しさ》する遺構群である。総称としてのワームホールゲートは、二五個の「ゲート」から成立しており、それらは半径約九八〇〇〇キロの球状空間にほぼ等間隔に分布している。それぞれのゲートは、解析不能のエギゾチック物質（フェムトサイズの余剰次元の膜に包まれた超対称性粒子の流導体との説が有力）で作られた一片三〇〇メートル強の正四面体で、内部の三次元空間に数兆から十数兆トン規模のミニブラックホールを複数抱え、なんらかのメカニズムによってエルゴ領域を自在に発生させていると考えられる。ゲートの任意の一面に近づくと、ワームホールの入口が開き、物質は瞬時に別の時空へと移動する。

オールト雲全域は、一九六七年制定二一二五年改訂の宇宙条約に基づき、いかなる国家にも属さず、国際連合太陽系開発機構の直轄《ちよつかつ》管理のもとに置かれている。

SAACは二四六八年現在、フワリズミⅢの所有権および人工主体規定に基づき、ワームホールゲートを含む球状空間を、二二七一年の地球外領土開発信託条約（**▼スペースホームステッド法**）における信託領土として認め、非学術資源の排他的利用権を保証するように国際司法裁判所に権利調停の申請を行っている。

二四六八年現在、オールト雲に足を踏み入れた人間（**▼自然生体主体**）はひとりもいない。

1

暑い。

汗が滝のように流れ落ちた。瞳《ひとみ》に染み視界が奪われた。炎天下の道のまんなかで犬のように背を屈《かが》め、ぼくは舌を突き出して呼吸を整えた。

真っ白な砂利《じゃり》道《みち》の中心で、暴力的な熱量に曝《さら》されていた。

目を開いた。涙で霞《かす》んだ視界のなかを、群衆の半分がぼくと同方向に、残りはぼくに相対するように、ゆるゆると歩みを進めていた。仮装が目立った。冬服に身を包んだものもいた。目のまえの物理現実ではなく、拡張知覚のバーチュアルサイネージに導かれていた。宙空を見つめ、ぶつぶつと独り言を呟《つぶや》きながら、この世のものとも思えぬ服装に身を包んだ男女が真っ白な光のなかで幽霊のように身体を揺らしていた。

じー、じじじと、聞き慣れぬ雑音が耳を刺した。

セミと呼ばれる虫の羽音です、とクエリも投げないのに拡張知覚が囁《ささや》いた。

ぼくは天を仰《あお》いだ。時刻は午後二時。そこは地球北半球の大洋の端に浮かぶ島々の、そのほぼ中心に位置する古い都市の、そのさらに中心に位置する小さな森林公園だった。砂利道の両側は深い森で、木立《こだち》のうえに拡がる空は灰色の雲にまだらに覆《おお》われている。雲が低い。いまにも水分子が凝縮し雨が降りそうに見えたが、隙間《すきま》から覗《のぞ》く太陽もまた驚くほど眩《まぶ》しい。火星生まれで、自然降雨など数えるほどしか見たことのないぼくは、それが晴れと呼ばれるものなのか曇《くも》りと呼ばれるものなのか、それすら判断できなかった。

汗が綿《めん》のシャツを湿らせている。身をよじるだけで、まるで甲冑《かっちゅう》を身につけているかのように身体が締めつけられる。火星には生の天然繊維などありはしない。だからこの不快を表現する言葉もない。

ぼくは足もとを睨《にら》みつけ、かろうじて意識を維持した。

「どうした」

視界の片隅《かたすみ》でアイコンがポップアップし、Lの声が拡張知覚に割り込んだ。

「移動が止まったぞ」

「暑いんだよ」

　ぼくは喘《あえ》ぐように答えた。

「体が重すぎる」

「耐えろ」

　Lは冷淡に言った。

「重いのは栖花《すみか》も同じだ」

「地球人にこの苦しみはわからない」

「きみが望んだんだ」

　Lは続けた。

「わたしも栖花もやめろと言った」

　ぼくはなにも答えなかった。

　Lの言うとおりだった。ぼくもまた本来なら、遠い港に停泊する豪華客船の空調の効いた一室で、Lのとなりで、冷えたワインでも傾けながら舞台の開幕を待っていればよかった。にもかかわらず、物理的に近くで、観客のひとりとして栖花の舞台に立ち会いたいと強く主張したのは、ぼく自身だった。

　右の手のひらで尻《しり》のポケットを探った。

　顔を上げて設定画面を呼び出した。

location: 35° 41' N 139° 45' E Earth
environmental: 34℃ 75% 1006ha breathable
reality platform: VAYU25 version 1.0023 (24571230)
network operator: 环韩日海网通集团公司

ダブルウィンクでタブを切り替え、地図アプリを検索した。地球の拡張現実はつぎはぎでヴァージョンも古い。火星に較《くら》べてはるかに使いがっての悪いインターフェイスに戸惑《とまど》いながら、ぼくはなんとか目的の画面に辿《たど》りついた。

半透明の市街図が視野に重なり表示される。呼び出した地図は二次元の簡素なものだったが、それでもぼくは、地球の都市の稠密《ちゅうみつ》さにあらためて畏怖《いふ》を覚えた。蝟集《いしゅう》する狭小建築。迷路のような細い街路と、そのあいだを蠢《うごめ》く無数の人間たち。この都市だけで火星の総人口の三分の一を抱え、しかもそれすら最盛期の半分に満たない。

ツールバーに焦点を合わせて縮尺を上げると、中心の緑の楕円《だえん》が大きくなり現在地が表示された。公園は、麻理沙に教えてもらった穀物、コメの種籾《たねもみ》のようなかたちをしていた。胚《はい》と胚乳の境界にあたる位置に二つの細長い池がある。現在地を示す三角のアイコンが、その池に挟まれた細長い土地のうえで左向きに点滅していた。

目的地までまだ数百メートルある。栖花が登場するホールは、地図だと左上、現実では右手にあたる小高い丘のうえに円形のアイコンで示されていた。砂利道はゆるやかな上り坂になっていて、丘を回り込んでホールに至る。地図上ではホールのアイコンは明るく輝いていたが、現実にはまだ屋根も見えない。

「開演まで二〇分」

Lの声が無慈悲に響いた。

「間に合わないぞ」

「わかってる！」

ぼくは悲鳴を上げた。

——地球の重力は火星の三倍。ほんと、やめときなって。もう若くないんだから。

栖花の声が甦《よみがえ》り、麻理沙に重なった。

栖花から告知の場としてその公園を提案されたとき、ぼくにもLにも彼女の考えはよくわからなかった。栖花は言った。地球年で一年にいちど、この季節にだけ、そのかつての島国ではなぜか巨大な祭典が開かれる。舞台は、二世紀前まで現実に王が住み、半世紀前に中東系の投資家に買われ悪趣味なテーマリゾートとして生まれ変わった深い照葉樹の森。地球全土から、さらには月やラグランジュのコロニーから、何十万、何百万もの人々が集まり、現実を忘れてこの世界に存在しないものについて語りあう。彼らは仮装に身を包み、創作物を交換しあい、一週間後には翌年の再会を約し日常に戻っていく。五世紀前に始まったその祭典には、主催者もいなければ中心も存在しない。ただ群衆と、記号と、華《はな》やかな欲望と、すべてを包む森だけが存在する。

――わたしの正体を明かすのなら、そのお祭りが最適だと思うの。

栖花はぼくとLにそうとだけ告げ、質問の機会も与えずネットワークの仲間たちのもとに戻っていった。

火星は太陽系のクリエイティブ産業を支配している。地球人は火星人のテクスやヴィドやインタラクティブを好んで消費している。けれども火星にはそんな祭典はない。娯楽に魂は宿らない。火星人のぼくたちには、まるで死者を悼《いた》むように、存在しないものたちの架空の生について熱心に語りあう、地球人たちの行為は理解できない。しかしそんなぼくも、火星よりはるかに大きな太陽のもとで、深い緑と耳障《みみざわ》りな蟬の声と幽霊のような人々の饐《す》えた体臭に包まれ、だらだらと汗を流しながら坂道の途中に立ち尽くしていると、金星軌道にも火星にも外惑星域にもない、地球月圏だけがもつ独特の粘度を感覚できるように思うのだった。

栖花はその粘度に挑《いど》もうとしているのかもしれない。

この惑星ではすべてが粘《ねば》ついている。すべてが命を宿している。その粘りこそが地球の太陽系での圧倒的優位を支えている。

ぼくはふたたびポケットに触れる。

バッグからボトルを取り出し、冷水を飲み下す。手の甲で口を拭《ぬぐ》い、臍《へそ》のパネルに触れる。

下半身に蛇《へび》のように巻きついた歩行補助装置が蠢動《しゅんどう》を始める。火星植民が始まり三世紀、低重力下で育った火星人の地球帰還を支えるため、いまではさまざまな装置が開発されている。とはいえ、補助装置は重力を減らしてくれるわけではない。ぼくはその朝、ナノカプセルを呑《の》み循環器系を強化していたけれど、それでもそこからさき、火星の三倍近い自重を引き摺《ず》り、深い玉砂利に足を取られながら何百メートルも坂道を上り続けることを思うと、どうしようもなく憂鬱《ゆううつ》な気分になった。

「時間がない」

またLの声が響く。

「諦《あきら》めるのか、アシフネ？」

それは、エリシウム平原の小さな家でのあの出会いから、ずっとぼくに取り憑《つ》き続けている声。

ぼくは勇気を出して右脚を上げる。

大腿部《だいたいぶ》に巻きついたカーボンフレームが、変形し膝裏《ひざうら》を圧迫してぼくの歩行を支え始めた。

そのとき、少年がするりと駆け抜けた。

一〇代前半か、あるいはもっと下だろうか。女性のような華奢《きゃしゃ》な体格で、上半身に薄布をまとっただけのすがたはいっけん裸のようにも見えた。腕が軽く触れ、嗅《か》ぎ慣れぬ芳醇《ほうじゅん》な花の香りがふわりと鼻を掠《かす》める。

少年はぼくを勢いよく追い越し、一〇メートルほど走ってふとなにかに気がついたように振り返った。

少年の視線が、群衆の隙間を縫《ぬ》ってぼくの目をまっすぐに捉《とら》えた。髪は亜麻色《あまいろ》で、瞳は緑で、おでこと鼻すじがどこか麻理沙に似ている。妙に大人びた微笑《ほほえ》み。補助装置の助けを借り、汗だくになって脚を運んでいたぼくは、その表情に気を取られ思わず立ち止まった。

少年が口を開いた。

喧騒のせいで声は聞こえない。

少年はふたたび唇を動かした。

ぼくに話しかけているのか。

唇に視線を集中すると、会話支援アプリが自動起動する。ネットワークが網膜に字幕を流す。

alive

少年はもういちど繰り返す。

え。

Marisa is alive

麻理沙は生きている、、、、、、、、。

ぞっと全身の毛が逆立ち、視界がぐらりと揺れた。目を思い切り開き、遠い少年の口元を食い入るように睨みつける。少年は微笑みながら続けた。

And Sumika will be gone

そして栖花は死ぬだろう、、、、、、、、、、、。

――！

ぼくは走ろうとした。考えるまえに身体が動いていた。思いきり脚を上げた。拡張網膜に警告が表示され、補助装置が大腿部に急制動を掛けた。ぼくは震える手で補助装置を解除し、脚部パーツを投げ捨てた。

なぜ麻理沙と栖花の名を知っているのか。麻理沙が生きて栖花が死ぬとはどういうことか。ぼくは駆け出した。少年は身を翻《ひるがえ》した。笑顔で振り返る。そのすがたはまるでからかっているかのようだった。距離はたった一〇メートル。すぐに追いつく距離だと判断し、ぼくは拡張網膜の警告を無視して全力で地面を蹴《け》ってまえに飛び出した。けれども三倍の自重は予想以上の負担で、脚は数歩でもつれ動かなくなった。ぼくは上半身から思いきり砂利のうえに倒れ込んだ。心臓が破裂しそうに脈打ち、強烈な吐《は》き気が喉《のど》を突き上げた。頰《ほお》に触れた砂利が焼けそうに熱い。

「どうした」

Lが不審な声で言った。

「なにが起きた」

ぼくはそれには答えず、砂利のうえに両手をつき、荒い息を漏《も》らしながら上半身を起こした。拡張網膜の視界を警告が覆い尽くす。心配顔の人々が集まり始め、大柄《おおがら》の男が手を差し伸べた。ぼくはその手を退《しりぞ》け、かげろうが立つ砂利道の彼方《かなた》、少年が消えた方向を睨みつけた。

あの少年はだれだ。

Lの差し金か。

それとも――

ぼくはもういちど尻のポケットをたしかめようとして、ふたたび体勢を崩した。後頭部をしたたかに打ち、意識を失った。

「なにが起きたんだ？　おい、アシフネ、アシフネ・アキト！」

Qihua Live starts in 10 minutes...
at the Al-Husayni Hall, Imperial Palace Resorts Tokyo...
Registered guests should be at the gate Fukiage immediately...

遠くで舞台開演のアナウンスが響いていた。

2

アマルティアの崖《がけ》のうえ、エリシウム平原のあの小さな小屋で娘を託されたぼくは、麻理沙とはじめて夜を過ごした、開星記念堂に近い田舎町《いなかまち》へと向かった。

七年前、麻理沙との別れを惜《お》しんだバスターミナルは、定期便が廃止され閑散としていた。麻理沙に連れられ訪れた宿舎は、街区ごと閉鎖され、入口には立入禁止を示すテキストバルーンだけが貼《は》りつけられていた。そのころ、火星の住民は北半球から続々と逃げ出し始めていた。

ぼくは小さな娘を抱きかかえ、空室を探し歩いた。ひとのいないモールの片隅《かたすみ》に、かつては店舗《てんぽ》か事務所だったのだろう、変わった間取りの部屋をようやく探し当てた。汎用《はんよう》パネルが剝《む》き出しになり、無骨な配管が天井を這《は》う室内で、ひとりで壁を塗り、シンクを取り付け、カーペットを敷いた。閉鎖区域が近いせいか、ネットワークは不安定でときおり接続が切れた。それもまた麻理沙の娘を育てるにはふさわしいかと、ぼくは宿舎での夜を思い起こし考えた。

ぼくは二歳の娘とままごとのような生活を始めた。

男はぼくの口座に、当座の生活費としては十分すぎるほどの金額を振り込んでくれていた。拡張知覚に保存された顔で検索をかけると、男の正体はすぐに明らかになった。男は、二〇〇年ほどまえ、まだ小惑星の資源開発が軌道に乗っていなかった時代に、レアメタルで莫大《ばくだい》な富を築き上げ、いまでも政財界に大きな影響力をもつ巨大なエネルギー企業連合の、その創業者一族のひとりだった。男の名は妙に長くて仰々《ぎょうぎょう》しかった。ぼくは男をイニシャルでLと呼ぶことにした。

Lは娘をチーホアと名づけていた。黒髪黒瞳の外見にふさわしい東洋系の響き。Lはその名で市民権を用意していた。ぼくは娘を名づけなおしたいと考えた。数日のあいだ思い悩んだあと、ぼくはその音声が、地球の言葉ではなんらかの文字列に対応していて、そして同じ文字列には複数の音声が対応しうることに思い至った。火星の言葉では考えられなかった。ぼくはネットワークを駆使して、そのLが名づけた音から、栖花という古代の文字とすみかという読みを引っ張り出した。「すみか」は、麻理沙を運命に巻き込んだ王国の言語で、家を意味する古い言葉だった。それはまさに麻理沙の娘に適切な名のように思われた。

ぼくは職を探した。特技も才能もなかった。たいした職は見つからなかった。ぼくの市民権口座は長いあいだの引きこもり生活のため凍結されていて、相談に行くと基礎所得保障の再開には公的機関でのボランティアが必要だと告げられた。長いリストを示され、ぼくはこんどは開星記念堂をためらわずに選んだ。

七年ぶりに訪れた記念堂は、驚くほど閑散としていた。人々はテロに怯《おび》えていた。歴史的なモニュメントはとくに標的になりやすいと考えられていた。ぼくに割りあてられたのは、接客ではなく施設のメンテナンス、つまりは掃除係《そうじ》だった。ぼくは、かつて麻理沙と駆け抜けた廊下の床を、だれとも話すことなく黙々と磨《みが》き続けた。

地球暦二四五四年六月、火星暦一一二年雨月《あめつき》。

地球の北半球では初夏、火星の北半球では短い夏の終わり。栖花は三歳になった。ぼくは栖花の誕生日を祝った。栖花がいつ生まれたのか、本当はわからなかった。それはLが用意した偽《にせ》のプロフィールに記されている日付にすぎなかった。けれども、それを疑い出せば、栖花が本当に自分と麻理沙の娘なのか、いやそれどころか麻理沙が本当に死んでいるのかどうか、すべてが疑わしく、だからぼくはなにも疑わないことにした。

ぼくは誕生日にコメを煮て、カユを作ってみた。ぼくはそのときはじめて、コメが火星の植民史において、失敗を繰り返しながらも、ぼくたちの先祖によって執拗《しつよう》に導入を試みられてきた例外的な穀物であることを知った。完成したカユの味はじつにまずく、栖花は興味を示さず、ぼくは寂《さび》れたモールで買ってきた安物のケーキを娘の口に運んだ。栖花はけらけらと笑い、片言《かたこと》で感想を漏《も》らした。そのふっくらとした頬《ほお》をつつき、麻理沙によく似た黒く丸い瞳を覗き込んでぼくは胸を痛めた。

ぼくは、Lからの入金の一部を地球の通貨に換え始めた。

そのころ火星では物理貨幣が流通し始めていた。金貨や紙幣は地球から一億キロを超えて運ばれる。だからそれは火星では地球での交換比率に較《くら》べて滑稽《こっけい》なほどの高値で取引されていた。それはまた闇《やみ》経済の温床《おんしょう》でもあったが、それでも多くの住民は拡張知覚上の数字ではなく、手で触れることのできる通貨を求め始めていた。惑星全体を覆《おお》うセンサーネットワークとほとんどの住民にインストールされたナノマシンインターフェイスが作り上げた、火星共同体の高度な経済体制は急速に崩壊しつつあった。

地球暦二四五五年一月、火星暦一一三年牧草月《ぼくそうづき》。

予定から一年遅れで惑星間ワームホールゲートが開通した。ニューヨークとブラッドベリは二四時間で結ばれ、火星経済は地球月圏に完全に組み込まれた。

開星記念堂は経営難に陥《おちい》り、一年と経《た》たぬうちに地球の穀物コングロマリットに買収された。記念堂の正式名称にはオーナー企業の商品名が挿入され、毒々しい紫のロゴが入口に躍った。それはあの二四四六年の夏、カユを煮た麻理沙がぼくに渡したカロリーバーのロゴだった。

かつての火星人ならば、開星記念堂の所有者がだれかなどほとんど気にしなかった。けれど、二四四〇年代から五〇年代の一〇年間で火星の空気は驚くほど変わっており、この買収に対しては大きな反発が起きた。火星の原点を地球に譲《ゆず》り渡すなとの声が惑星中に響き渡り、デモ隊が敷地を取り巻き、挙げ句の果てには群衆が将棋倒《しょうぎ》しになって二〇人近い死者が出た。ぼくはその騒ぎを記念堂の内部から、紫のロゴの入った悪趣味な制服に身を包みモップの柄《え》に顎《あご》を載せて冷淡に眺めていた。人々がなぜそれほど興奮しているのか、最後までわからなかった。ただぼくは、群衆が掲げるバルーンに何人もの麻理沙のイメージを発見し、そのときだけはなぜか裏切り者になったように感じて目を伏《ふ》せた。

そして栖花が学校に上がる年に、火星は分割された。

地球の国際連合司法最高院は、火星と外惑星域のあらゆる世論《よろん》を無視し、火星は国際法上は無主地であるとの判断を下した。地球の広域国家はその結論を受けてただちに事務協議を始め、わずか半年で分割が決定された。分割比率の根拠は二一世紀の小さなベンチャービジネスの出資リストに求められた。その恣意《しい》性は明らかだったが、法律上のややこしい議論は沸騰《ふっとう》する世論のまえに掻《か》き消された。

火星は大きく二つに分割された。北半球のすべてと、軌道エレベータを抱える州が地球の植民地となった。残りは新設される「火星自由州連合共和国」に割り当てられることとなった。北半球はさらに細かく分割され、SAACと北米合衆国とニジェール連邦がそれぞれ経度にして一六〇度、一〇〇度、八〇度分の土地を獲得し、残る二〇度を一七の小国が細かく分けあった。Lは通話で、わが祖国ヨーロッパも三度ほど無人の大地を手に入れたよ、と肩を竦《すく》めた。

クリュセはSAACの信託統治領となり、ぼくたちは自動的にSAACの国籍を手に入れた。SAACの公用語は英語と中国語とアラビア語で、名前を古い象形《しょうけい》文字で登録することも可能だったが、発音は標準規格に従わなければならなかった。ぼくは迷ったすえに栖花だけを古代の文字で登録した。ウェイチュアン・チーホアには「葦船栖花」という文字列が加わった。ぼくは象形文字がないアシフネ・アキトでしかなかった。

栖花はすくすくと成長し、火星は急速に変わっていった。火星の住民には南半球の五州だけが残された。連合共和国の発足《ほっそく》は賑々《にぎにぎ》しく祝われたが、二世紀にわたって選挙すら行ったことがない火星の住民に、地球型の国家運営がまともにできるはずがなかった。政治は混乱し、経済と治安は急速に悪化した。他方で北半球は、南半球の混乱を尻目《しりめ》に、地球の指導のもと着実に経済と治安を回復していった。エリシウムとシルチスに大規模な再入植が始まり、わずか三年で北半球の人口の二割が地球人となった。入植者は地球の古い英語を話し、火星市民は自分たちの訛《なま》りを恥じ始めた。火星の二世紀の伝統はあっけなく崩壊した。わずか数年前まで、太陽系でもっとも知的な選良だと自惚《うぬぼ》れていた同じ火星人たちが、いまではこぞって地球に憧《あこが》れ、地球企業に職を求め、地球での生活を夢見て辛《つら》く苦しい高重力適応処置のまえに列を作り始めていた。地球の重力は火星の三倍近い。地球と火星が二四時間で結ばれ、地球人はどんどん火星に入り込んできても、火星人はそうたやすくは地球に行くことができない。勝負は最初から決まっていた。

栖花が九歳の秋、父が死んだ。

共和国軍の訓練中の事故死とのことだった。ぼくは父が南半球で軍人になっていたことを知らなかった。寡黙《かもく》なエンジニアという印象しかなかった父が、なぜ五〇歳を超えて一兵卒として軍に身を投じたのか、理由は想像もできなかった。ぼくは栖花を同僚に預け、ひとり南半球に渡った。父の遺体をまえに七年ぶりに再会した母は、共和国の貧しさを口汚く罵《ののし》り、無駄に華美な葬儀を行いたがった。ぼくは反対し、父の遺体は火星人風に分解され肥料となった。父は孫娘の存在を知らずに亡くなり、母には言い出すことができなかった。

ぼくもまた年齢を重ねていた。麻理沙を思い出すことは少なくなり、同僚と笑いあう機会が増えた。ぼくの身分は最初の二年でボランティアから正社員へと変わり、そのあとも組織のなかを着々と上昇した。掃除係からフロアマネージャーと広報補佐を経て、そのころは経営の一部にも関わるようになっていた。デートを申し込んでくる女性も現れた。ぼくはいつも笑って受け流し、関係が進むことは決してなかったが、そんな華《はな》やいだ会話に入るだけでも強《こわ》ばった心が少しずつ柔らかく解けていくかのようで、ぼくは少しずつ生きる自信を取り戻し始めた。

このまま、ひとり娘との平凡な人生もありうるのではないかと夢見始めていた。

そして、地球暦二四六二年六月、火星暦一一七年収穫月《しゅうかくづき》。

ぼくは、火星の南半球、ホイヘンスクレーターの南縁に位置する連合共和国の暫定《ざんてい》首都、フランソワ・マリー・シャルル・フーリエに呼び出された。

「まずいな」

Lは顔を顰《しか》めて言った。

手に持ったグラスには茶褐色の液体が注がれている。

「とても飲めたしろものじゃない」

ぼくは曖昧《あいまい》に頷《うなず》いた。

ぼくとLは、フーリエのドーム群を見下ろすホテルの人気《ひとけ》のないバーカウンターに、並んで腰掛けていた。ホイヘンスクレーターの雄大な外輪山が、星明かりを浴びて輝いている。

Lは新たに蒸留酒を注文した。匂いを嗅《か》いだだけでグラスを退《しりぞ》ける。

「これもひどい」

こんどはミネラルウォーター。

「火星の酒はなぜこんなにまずいんだ」

Lは唇を水で湿らせ、溜息《ためいき》をついた。

「穀物がだめなんです」

ぼくは答えた。

「それに火星人は酒を飲まない」

ぼくのまえに置かれたのは、アルコールではなく、有機酸とGABA制御ナノマシンがブレンドされた人工飲料だった。酩酊《めいてい》の質はアルコールと変わらず、肝臓にも負担をかけず、必要とあらば拡張知覚経由で数分で酔いを冷ますことができる完璧な酩酊導入剤。ぼくを含めほとんどの火星人たちは、地球人がなぜ二五世紀になっても有害なアルコールにこだわり続けているのか、まったく理解できなかった。

ぼくは続けた。

「飲まないのだから造れない。ワームホールゲート開通このかた、地球風の飲み屋は増えたけれど、にわか仕込みの技術では肥《こ》えた舌はとても騙《だま》せないですね」

「酒は単なる酩酊剤ではない」

Lが妙に憂鬱な声で言った。

ぼくは椅子《いす》を回してLに向かいあった。

「酒は象徴だ」

Lは続けた。

「地球には無数の酒がある。ビール、ワイン、ジン、テキーラ、スコッチ、サケ……。それぞれに物語があり歴史がある。文学の半分は酒でできている」

Lはグラスを両手で抱え、液面を覗き込んだ。

「酒がなければ文学もない。哲学もない。火星人はその基本を理解していない。知的財産の三割を所有していたところで、それが理解できなければ砂上の楼閣《ろうかく》だ」

氷が溶け、からりと涼《すず》しげな音を立てた。

「本題はなんです」

ぼくは切り出した。

「そんな比較文化論のため、わざわざ南半球まで呼び出したわけじゃないでしょう」

Lは黙った。

ぼくはその横顔を覗《のぞ》き込んだ。九年のあいだにずいぶんと老《ふ》け込んだように見えた。Lはまだ四〇そこそこで、いくらでも抗老化措置を受けられる立場にいるはずなのに、目尻には小さな皺《しわ》が寄り、顎の肉がかすかに弛《たる》み始めていた。

Lは嚙《か》みしめるように言った。

「太陽系は象徴を必要としている」

象徴。

二度目のその言葉が、なぜか頭の芯《しん》に鈍い衝撃を与えた。ぼくはしばらくしてようやく、それが、麻理沙が一二年前、あの軌道エレベータで愛を交わした夜に遺《のこ》した言葉であることに気がついた。

ぼくは言った。

「なんの話です」

「わかるだろう」

Lは横目でぼくを睨《にら》んだ。

「わかりません」

嫌な予感がした。動悸《どうき》で心臓が破れそうだった。ぼくは無意識に胸を拳《こぶし》で押さえつけた。酩酊管理アプリを呼び出すまでもなかった。ほろ酔い気分はどこかにすっ飛んでいた。ぼくは記憶を辿《たど》った。麻理沙はたしか、魚たちは象徴になれなかったと言った。だからぼくが必要だと言った。

その意味はなんだ。

「火星には酒が必要だ」

Lは続けた。

「われわれの戦略は行き詰まっている。反太陽系秩序運動は膠着《こうちゃく》状態だ。ワームホールゲートは開通し、火星は分割された。SAACの権力はますます強固なものになっている。太陽系一三〇億の人民の意志を結集するには、新たなカリスマが必要なのだ。死んだ麻理沙に代わる新たなカリスマが」

「具体的に言ってください」

「栖花の存在を公開する」

「麻理沙の全情報を公開する」

Lは告げた。

「全情報を公開」

ぼくは呆然《ぼうぜん》とした。

「またテロリストにするつもりですか。母親のように」

「ちがう」

Lは吐《は》き捨てるように告げた。

「火星の王にするのだ」

——王？

ぼくは繰り返した。

「王……」

「その響きが古風すぎるなら、大統領、総統、書記長、なんだっていい。われわれは栖花を火星の政治の頂点に置きたい」

Lは続けた。

「火星の市民に自治能力はない。南半球政府は国会運営や治安維持すらまともにできていない。一〇年以内に連合共和国は解体され、ふたたび分割が始まるだろう。しかし本当の危機はそのあとに来る。三大国は、すでに極冠の資源採掘権や軌道エレベータの管轄権をめぐり武力衝突の一歩手前に来ている。南半球の分割は問題をますます悪化させる。人類は地球では武器を使う勇気がない。けれども火星でならちがう。わかるか？　人類は酒の味を思い出し始めているんだよ。二世紀まえに最後の国家間戦争が戦われて以降、長いあいだ忘れられていた帝国主義とナショナリズムの味を。ゲート開通が古い欲望に火をつけた」

「酒」

　ぼくはまた繰り返した。

　Lは頷いて続けた。

「このままでは太陽系全体が戦火に巻き込まれる。火星での開戦は地球月圏にも飛び火する。何億ものひとが死ぬ。それを防ぐには火星からの地球勢力の排除しかない。火星人に独立戦争を戦ってもらうほかないのだ」

　Lはぼくの腕にそっと触れた。

「けれどもそれには条件がある。いまの火星人に戦争は無理だ。薬には薬を。毒には毒を。そして酒には酒を。火星という媚薬《びやく》に酔っ払った地球人は、もっと強い酒を浴びせることでしか正気に返せない。だからカリスマが必要なんだ。たしかに火星人はいままでよくやってきた。酒を必要としないユートピアを築きあげてきた。けれどもその合理主義はいまや有害でしかない。いま火星人に求められるのは熱狂だ。若い男どもを戦地に向かわせる強い物語だ。われわれは、そのために栖花を使いたい」

「なぜあの子を」

「ほかにどんな選択肢がある」

　Lは緑の瞳《ひとみ》でぼくを覗き込んだ。

「栖花は麻理沙の娘だ。太陽系中が知っているテロリストの娘だ。そしてＳＡＡＣに潰された王国の末裔《まつえい》だ。こんな適任はいない」

「ぼくにどうしろと言うんです」

口内がからからに乾いていた。

「栖花を返してほしい」

Lは無慈悲に言った。

「彼女には特別な教育が必要になる」

「いつ」

「できれば今日にでも」

「ふざけるな！」

ぼくはLの言葉を撥《は》ねのけた。

「そんなこと許すもんか。ぼくたちは家族だ」

「きみが許すかどうかは関係がない」

Lは沈鬱《ちんうつ》な口調で告げた。

「わかっているはずだ。ひとたび栖花が麻理沙の娘だという情報を漏らせば、事態は自動的に展開する。きみが抵抗すれば辛くなるだけだ」

Lはそう言って俯《うつむ》いた。

ぼくはその横顔を睨みつけた。

歯を嚙《か》みしめた。ぼくは傍観者にすぎなかった。それはまるで、一七年前に麻理沙と出会ったときからの、そして一二年前に抱きあったときからの長い計画の一部であるかのようだった。魚が死んだからあなたが必要になったのと告げたとき、麻理沙はすでにこの未来を予見していたように感じられた。ぼくはその歯車になにひとつ介入できなかった。悔しさで気を失いそうだった。

「あなたには理解できますか、Ｌ」

ぼくは声を絞り出した。

「ぼくたちはあなたとはまったくちがう世界に生きている。ぼくは週五日、定時に職場に出勤する。地球企業のロゴの入った制服を着て、騒がしい子どもや傲慢《ごうまん》な観光客を相手に朝から晩まで笑顔を浮かべ続け、トラブルがあれば書類を作ってファイルする。それがぼくの仕事です。そして一ヶ月の稼ぎは、おそらくあなたの一晩の宿代にもならない。けれどもぼくは幸せだった。家に帰れば栖花が待っていた」

ぼくは震える声で続けた。

「地球でも火星でも多くのひとはそんな幸せを生きている。火星の運命も太陽系の未来も関係がない。栖花だってそうだ。あなたにその幸せを奪う権利があるのか」

「ない」

「ならば」

「しかし」

Lは遮《さえぎ》った。

「しかしそれは欺瞞《ぎまん》だ。それはきみが麻理沙の存在を忘れようとしていたことを意味するだけだ」

Lはぼくの心を刺すように言った。

「それは逃げだ」

九年まえと同じ緑の瞳で覗き込んだ。

「誤解をするな、アシフネ。わたしもまた栖花の幸せを願っているのだ。彼女をきみに託したときから、麻理沙の呪《のろ》いから逃《のが》れることをずっと願い続けているのだ。けれどもひとは運命からは逃れられない。麻理沙の娘としての運命は、わたしのものでもなければきみのものでもない、彼女のものだ」

Lは静かに続けた。

「麻理沙から逃げるかどうか、決めるのは栖花だ。われわれにその権利はない。――わたしたちはもう麻理沙の呪いからは逃げられないんだよ、アシフネ」

Lはさきほど退けた蒸留酒のグラスをふたたび摑《つか》み、こんどは思いきり呷《あお》った。ごほごほと咳《せ》き込み、苦虫《にがむし》を嚙み潰したような顔をする。

「飲めよ」

Lはグラスをぼくの喉元に突き出した。

「じつにまずい。発酵促進剤の分子構造が舌で感じられるようだ。栖花の門出を祝福するにふさわしい」

Lは付け加えた。

「なにを情けない顔をしている。二度と会えなくなるわけじゃないんだ」

Lの顔もまた、ぼくと同じように情けなく見えた。

ぼくは金縛《かなしば》りにあったように動けなかった。

揺れる液面を眺め考えた。

食いしばった歯が痛んだ。

「ひとつだけ、お願いが」

ぼくは絞《しぼ》り出すように言った。

「あなたは正しい。それはたしかに娘の運命です」

ぼくはLの手からグラスを奪い取った。

「栖花は特別な子だ。ぼくだってそれは知っている」

そして口をつけずに静かにカウンターのうえに置いた。

「でもそれならば、栖花に選ばせましょう。そのかわりぼくは二度と栖花に会わない」

「なにを言って――」

「わかっているのです」

ぼくは遮って続けた。

「ぼくの存在はあなたたちにとって障害のはずだ。麻理沙と栖花は純粋な象徴でなければならない。凡庸《ぼんよう》な脇役《わきやく》が存在してはまずい。ぼくがいままで生きてこられたのは、きっとあなたの尽力のおかげでしょう。けれども、栖花を奪われるのであれば生きる意味はない」

ぼくは笑おうとした。

「ぼくはすがたを消します。そのかわりいちどだけ栖花に機会を与えてほしい。彼女に選ばせてほしい。栖花には栖花の運命がある。栖花が麻理沙の運命を引き継ぐことを承諾《しょうだく》するというなら、ぼくはもうなにも文句は言わない。けれどももし拒否するのであれば――彼女が自分の人生を送りたいと望むのであれば、ぼくは、L、あなたを信じてすがたを消すから、あなたに栖花を託すから、かわりに彼女に大人になるまでの時間を与えてほしいのです」

ぼくは祈るように言った。

「あなたの力で」

――！

突然、頭上から液体が振りかけられた。

ぼくたちは悲鳴をあげ、反射的に手で頭を覆った。

その手にもさらに液体が注がれた。

アルコールが目に滲みた。液体がシャツの隙間から胸と背中に入り込んだ。刺激臭の奥に、フルーツと土の香りがかすかに漂っていた。おそらくこれは火星のものではない。顔を拭《ぬぐ》った手を見ると血のように赤い。地球産の高価な葡萄酒《ぶどうしゅ》が、ぼくとＬの頭上に惜しげもなくかけられている。

「パパのばか！」

少女の声が叫んだ。

ぼくは顔を上げた。

栖花だった。

栖花が空《から》になったボトルを掲げ、顔を真っ赤にしてぶるぶると震えながら叫んでいた。

「ばかばかばか！　なにが娘のまえから消える、よ！　ばかなんじゃないの」

眉《まゆ》を釣り上げて訴えていた。

紫のワンピースを着て、真っ赤なブーツを履《は》いていた。麻理沙と同じ長い黒髪を、二つに分けて長く背中に垂《た》らしていた。栖花は一一歳になったばかりで、身長は一四〇センチほど。カウンターの座面は高く、ぼくたちふたりは彼女を見下ろすかたちになった。

Lが呆然と呟いた。

「トモノミヤ？」

Lは成長した栖花に会ったことがなかった。

「きみは、トモノミヤか？」

「だれよ、それ」

栖花はじろりとLを睨み、吐き捨てるように言った。

ぼくに視線を戻して続けた。

「わたしはパパと別れるのはいやだから」

「どういうことだ、これは」

Lがぼくに囁《ささや》いた。

ぼくはようやくなにが起きたかを理解し始めた。耳朶《みみたぶ》に触れて拡張知覚を再起動し、同時に栖花に告げた。

「部屋で待ってろと言ったのに」

「こんな時間から寝れない」

「明日はキャンプに行くと約束したじゃないか」

「パパこそ部屋を抜けだした」

「拡張知覚に入るのは犯罪だ」

「心配だったんだもん」

栖花は口を尖《とが》らせて悪びれることなく答えた。

「そんなことより、パパ、OS変えたほうがいいよ。VAYUは便利だけどクロスプラットフォーム脆弱性《ぜいじゃくせい》が深刻で、地球バージョンと火星バージョンが知覚共有すると簡単にジェイルブレイクできちゃうんだよ。火星の掲示板じゃ知られてる話なんだけど、地球企業はさすが対応が遅いよね」

Lが目を見開いた。

ぼくは栖花の声を遮って言った。

「いつ入った」

「そんなには聞いてない。いまさっき内耳を共有したばかり。でもこのひとがパパを脅《おど》かしていることはわかった。——というか、あなただれ？」

栖花はそう言って、空《あ》いたボトルをLの顔に乱暴に突きつけた。

「わたしを連れ去るとか、太陽系がどうとか、いったいなに話してるのよ。わたしの話ならわたしにしなさい」

Lはぼくを助けを求めるように見つめた。葡萄酒で赤く染まった金髪が額に貼りついていた。地球産のシャツとジャケットは無残《むざん》にピンクに染まり、パンツの太腿《ふともも》にも大きな染みが拡がっていた。

「ぷっ」

ぼくは思わず噴きだした。

「は、ははは！」

耐えきれずに笑い出した。

「笑ってる場合じゃない」

Lが真っ赤な顔で抗議した。

そうか。

ぼくは腹を抱えながら思った。

なぜ忘れていたのだろう。この子はもうぼくが麻理沙に恋をした年齢なんだ。

「きみの言ったとおりだよ」

ぼくは涙を拭って言った。

さきほどまでのこだわりが、火星の雨が赤い砂漠に吸い込まれるようにすうっと消えていた。

「栖花は独立した人間だ。彼女の運命は彼女のものさ」

　ぼくは両手を拡げ、芝居がかった口調で続けた。

「紹介しよう。こちら、ウェイチュアン・チーホア、別名朋宮《とものみや》栖花内親王《ないしんのう》、明宮《あきのみや》麻理沙の娘、世が世であれば旧日本国の第一四六代の王に即位したであろう少女だ。そしてこちらは、ローウェル・パージヴァル・カンゲルルスアーク＝ダフィトスタイン。通称L。二二世紀のはじめ、地球温暖化で氷が溶け出したグリーンランドで一発当てた成金《なりきん》財閥の末裔。ぼくと栖花の隠れたパトロンであり、火星独立運動の黒幕であり、そして栖花をぼくから奪おうとしている張本人さ。あとはご自由に」

Lは数日後に、栖花がぼくのもとで暮らし続けることを認めた。

3

ぼくと栖花はその連絡を、火星のただひとつの海、ヘラス海に流れ込むハルマキス河の凍結した渓谷《けいこく》を望む、小さなキャンプ場で受け取った。

視野の片隅でLのアイコンがポップしたとき、ぼくは栖花と身を寄せ合い、夕陽《ゆうひ》に照らされた地平線を眺めていた。気温は零下二一度、気圧は四三〇ヘクトパスカル。北の空を輝く融合炉で暖められた海水の蒸気が、虹色《にじいろ》の大きな壁を立ち上げていた。フォボスがゆっくりと移動する。

連絡はヴィドでもチャットでもなくテクスで、Lは火星人ならもう使うことのない装飾過多な文体で厄介な付帯事項をいろいろと記していた。けれどもそのときのぼくは、薄い桃色から濃い紺色《こんいろ》へ、そして紫へと小さな太陽が沈むにつれ移り変わっていく、その奇跡のように繊細な光景に心を奪われ、文章にほとんど関心を抱くことができなかった。ぼくはただ、その光景を麻理沙と栖花と三人で見たかったとだけ願い、涙を流した。涙は大気に触れた瞬間に凍りつき、栖花はぼくを見上げなぜ泣いてるのと問うた。ぼくは、麻理沙について考えていたんだとだけ答え、そしてつぎの瞬間、ぼくは、娘のまえではじめて麻理沙を麻理沙と、母を母の名前で呼んだことに気づき胸を衝《つ》かれた。

その晩、ぼくははじめて麻理沙との出会いの話をした。クリュセの砂漠の小さな池に泳ぐ、名も知れぬ魚の話をした。

Lは、栖花の才能を利用したいと申し出た。

なるほど、たしかに栖花は天才だった。ただその才能は、Lが期待したものとは異なり、ハックに関するものではなかった。いや、それはハックといえばハックなのだが、彼女がハックする対象は拡張知覚でもなければナノマシンインターフェイスでもなく、ひとの心だったのだ。

栖花はひとが好きだった。ひとづきあいが苦手のぼくとは異なっていた。幼い栖花は、まだ言葉もろくに覚えていないというのに、街路で、公園で、レストランで、だれにでも片言で懸命に話しかけた。そして頭を撫《な》でられては笑い返した。彼女はあたかも、世界中が彼女の存在を祝福していると信じているかのようで、そして話しかけた相手に拒否されることなど考えてもいないかのようで、ぼくはその無防備さにときおり王家の血の証《あかし》を見るような気がして、落ち着かない気持ちになった。

ものごころがつくと同時に、栖花は拡張知覚を通して他人と繫《つな》がることを覚えた。

ぼくはあるできごとを思い出す。それはたしか栖花がまだ初級学校に上がるか上がらないかのころ。ぼくが帰宅すると、ナーサリキャラクターが終了し、栖花は暗い部屋で膝《ひざ》を抱えて座り込んでいた。理由を尋ねると、娘は、ここでは友だちがすぐ消えてしまう、一緒に踊っているのに急にいなくなるからいやだと訴えた。栖花の接続履歴を呼び出すと、そこには見知らぬアイコンがずらりと並び、彼女が見よう見まねで拡張知覚のペアレンタルコントロールを外したことを示していた。ぼくは驚き、そんなことをしてはだめだと叱《しか》りつけたが、だってみんないっしょだと楽しいんだもんと口を尖《とが》らせる栖花をまえにして、言葉を失った。ぼくたちの部屋には、それまでは麻理沙のあの部屋と同じように細い回線しかなく、それはなんとなく彼女の遺言《ゆいごん》の執行のように感じていた。けれども翌日、ぼくは悩んだすえに電波環境を標準仕様に切り替えた。

六歳の栖花は、このようにしてネットワークを手に入れた。そして栖花は歌を作るようになった。

　栖花の才能がいつ開花したのか、ぼくは正確な時期を知らない。ぼくはコンテンツランキングにもネットワークの流行にも関心がなかったから、周囲の変化にまったく気がつかなかった。ぼくがスピルバーグ＝キャメロン・スタジオシティからの問い合わせを受けたときには、栖花はもう一〇代の入口に差し掛かり、すでに数十ものミュジカロイドを公開していた。

　栖花の学校での成績は思わしくなく、ぼくがいつそんなコードを編んだのかと問い質《ただ》すと、娘は悪びれることなく授業中と答え、ぼくはかすかな目眩《めまい》に襲われた。ぼくもまたかつて初級学校で耳朶《みみたぶ》に触れていた。栖花もまた同じようにこっそりと耳朶に触れていた。けれどもそれはぼくとは逆に拡張知覚にさらに深く潜《もぐ》り、ネットワークにさらに深く繋がるためで、そしてその行為によって、彼女はかつて麻理沙がしたように世界中に自分の分身をばらまいているのだった。ミュジカロイドの顔はすべて栖花自身の顔の自動生成デフォルメで、危険ではないのかと尋ねるぼくに対して、栖花は、だって新しい顔考えるの面倒だし、児童保護プログラムがあるからだれもチーホアの正体には辿《たど》りつけないよ、と大胆に笑い、その笑顔にはもうはっきりとあの一七歳の麻理沙の面影《おもかげ》が窺《うかが》え、ぼくはまるで長い長い迷宮のなかに閉じ込められたかのような感覚を覚え戦慄《せんりつ》した。

スタジオシティは公開中のミュジカロイドの一括《いっかつ》譲渡を提案し、提示額はキャラクター権だけでぼくの年収を超えていた。栖花は提案を拒否し、アルゴリズム権の二次使用だけを許諾《きょだく》した。それでもぼくたちは、けっこうな数字を手に入れた。Lからの連絡を受けたのはそんなときで、だからぼくは南半球への旅に同行したいという栖花の要望を断ることなどできるわけがなかったのだ。

ぼくたちはLの申し出を受け入れた。フーリエでの会話の半年後、ぼくは開星記念堂を退職し、栖花の創作物の権利処理を行う小さな事務所を開設した。

栖花が一四歳になった年に、南半球でクーデターが起きた。SAACの支援を受けた新政権が打ち立てられ、反政府運動が激化した。それから三ヶ月のあいだに、極冠の地下水溶融施設が襲撃され、スキャパレリのネットワークがハックされ、大統領補佐官と外務副大臣が暗殺された。南半球の新政府は、テロリストの基地が北半球のニジェール連邦信託地にあると主張し、SAAC対ニジェール連邦の構図が明確となった。両大国の確執は太陽系中に拡がり、ラゴスでモスクが焼かれ、上海《シャンハイ》で焼身自殺があり、トロヤ群小惑星域でSAACの採鉱船がニジェール連邦の警備艇に衝突したあたりで国連はようやく事態収拾に動き始めたが、すでに機会は失われていた。同年の暮れには、もはや太陽系のだれもが、火星両半球間の開戦は時間の問題だと考えていた。

栖花の歌は、そんななかで、火星独立運動の担い手に熱狂的に支持されるようになっていた。

ぼくはLがどのような策略を巡らしたのか知らない。ぼくはLと栖花が直接に連絡を取り合うことを許しただけだった。

Lは栖花の創作には口を挟まなかった。栖花のミュジカロイドも政治について歌わなかった。けれどもそれは恋愛の歌でもなかった。実際のところ、当時栖花はまだ恋を歌うには若すぎ、だから彼女がコードする歌はすべて故郷や家族への素朴《そぼく》な愛を詠《よ》んだにすぎなかった。それらは、ぼくが聞けばすぐに麻理沙に向けられた祈りなのだとわかる、そのような歌にすぎなかったけれど、なぜか、そのいささか抽象的で、そしてどことなく古風で舌足らずな歌詞が、ネットワークでは火星独立への呼びかけとして解釈されるようになっていたのだった。Lの操作はそこにあった。二四六〇年代も後半になると、少なからぬ人々が、「チーホア」は成人で、火星の南半球に住み自由な発言ができず、だからこそ子どものふりをしてミュジカロイドを世に送り出しているのだと、そう考えるようになっていた。

栖花の歌は独立運動の象徴となった。

人々は、栖花の正体を知らないまま、彼女の声に麻理沙を重ね始めていた。火星で、あるいは地球で、ＳＡＡＣとその傀儡《かいらい》である火星南半球政府を標的とするテロが起こるたびに、無数のネットユーザーが、麻理沙のあの一五年前の声明映像に栖花の歌を重ねたヴィドやインタラクティブを作成してばらまいた。そのたびにぼくの口座には少なくない額の報酬が振り込まれ、ぼくたちはその金額に居心地の悪さを感じながらも、クリュセの町を出てブラッドベリの都心に広いフラットを借りた。

そして二四六八年三月。

火星暦の一二〇年収穫月《しゅうかくづき》。

ブラッドベリの空を糸のような高層雲が走り、湿度が二〇パーセントを超えた、火星ではめずらしいしっとりとした秋の朝。

ついに戦争が起きた。南半球で独立戦線がケプラークレーターの補給施設を襲撃し、共和国軍は反撃と称して赤道を越えてペティトクレーターのニジェール連邦軍駐屯地《ちゅうとんち》を空爆、双方ともに数百人の死者を出した。軌道エレベータはただちにＳＡＡＣ駐留軍に占領され、ワームホールゲートも閉鎖、数億キロの彼方、地球では二世紀ぶりの安全保障会議が招集された。栖花は開戦四〇時間後に新しい歌を公開し、そのアルゴリズムをもとに作られたヴィドとインタラクティブは一〇〇時間にわたって太陽系全域でアクセスランキングのトップに輝いた。ぼくたちはまた豊かになった。

一週間後、Ｌが連絡を寄越《よこ》した。

栖花が麻理沙のじつの娘であることを公開する。栖花はぼくのもとを去りLの保護下に入る。もはやその要求を拒否することはむずかしかった。ぼくと栖花は、どこか自分たちの存在に負い目を感じ始めていた。戦争が激化し悲惨な報道映像がネットを満たせば満たすほど、口座の残高は膨《ふく》れあがり生活は豊かになった。だから栖花はLの要求を呑《の》み、それならばせめて、「チーホア」を支持したネットユーザーに対し、彼女自身の声で、現実の肉体を曝《さら》して直接に真実を告げたいと希望を述べた。そして彼女は告知の場として、その年の夏に、地球で、それもあの王国の王宮跡の公園で開催される、見知らぬ祝祭の名前を挙げた。ぼくがその祭りの内容を問うと、それも知らないのパパ、それはさすがに無教養だよと栖花は呆れ顔で笑った。

Lは承諾した。Lの組織がスポンサーとなり、チーホアのミニコンサートが開かれることになった。拡張知覚に投影されるミュジカロイドたちのダンスが終わったあと、最後に栖花が現れて名乗りを上げ、麻理沙との関係を語る。舞台は太陽系中に中継されるはずなので、身の安全を図るため、栖花には告知後ただちに欧州連合の領事館に移動してもらう。おそらくはそれから数ヶ月、もしかしたら何年も、栖花は火星に戻ることができない。彼女の人生は断ち切られる。

栖花がその運命についてどう感じているのか、いつも笑顔で、自信満々で、そしてなにごともぼくよりも早く決断してしまう彼女の表情からは、ぼくはもはやなにも本当のところを窺うことができなかった。

ぼくはいつのまにか、娘のことはなにひとつわからなくなっていた。

そんなとき、ある女性から接触を受けた。

地球人で、派手な首飾りを下げ、はちきれそうな身体を見慣れぬ緋色《ひいろ》の民族衣装に押し込んでいた。ブラッドベリの街角で、ぼくの腕を摑《つか》み、耳許《みみもと》でいきなり麻理沙の名を囁《ささや》いた。ぼくは金縛《かなしば》りにあったように動けなくなり、そのすきに彼女は無人運転のパケットヴィークルを止めて、後部座席にぼくを押し込んだ。

「わたしたちはアナタの希望を知っている」

言葉に火星にない訛《なま》りがあった。

「娘さんの演説、チーホアの人間宣言は、環韓日海州の王宮跡に建設されたホールで行われる。あの土地はかつて祭祀《さいし》王の聖域だった。二三世紀までは環境計算機が散種されることなく、クラウドにも接続されることなく、原生の照葉樹林が茂っていた」

女性は吐息のかかる距離で続けた。

「だからあの地には二世紀前のコードが眠っている。王の身を守るために編まれた呪《じゅ》術《じゅつ》のコード、王を聖霊に変え、常世《とこよ》に送り出す結界のプログラムが」

女性は両手でぼくの拳《こぶし》を包み、小さな物体を指のあいだに押し込んだ。

「この装置は、そのコードを強制起動することができる。起動した瞬間、旧シモドウカンボリを中心とする半径四〇〇メートルの拡張現実がすべて上書きされ、再定義される。拡張網膜のうえには娘さんの複製だけが描画され、実体はだれにも見えなくなる。娘さんが降臨するのは、年にいちどの仮想のお祭り。だからアナタは、装置を起動していないひとなどいるわけもない。だからアナタは、装置を起動したあと、ひとり実在の彼女の手を引いてホールを離れればいい。ふたりのすがたはだれにも見えない。敵にも味方にも見えない。だれもアナタたちを追跡することはできない。そしてアナタの組織はこの装置の存在すら知らない。彼らは、大陸の西方の文明にしか目を向けていない……」

ぼくはゆっくりと指を開いた。

濃緑色の勾玉《まがたま》に似た物体が載っていた。

無数の人々に擦《さす》られ続けてきたのか、皮脂《ひし》を吸って独特の光沢を帯びていた。くねりと曲がった腹に、白い小さな樹脂製の直方体が埋め込まれていた。目を凝らすと、滑《なめ》らかな表面に花弁を象《かたど》った円形の紋章がうっすらと刻まれていた。二世紀前に滅びた王朝の、王家の徴《しるし》。

当惑するぼくをまえに、女性は流暢に説明を続けた。白い直方体は重畳量子回路で、勾玉の構成分子と絡《から》み合っている。回路は起動した瞬間に、勾玉の結晶構造全体の量子的なゆらぎ、一〇の二五乗に及ぶスピンデータをコヒーラントなユニタリ行列として抽出し、ネットワークに送り込む。行列の固有値がパスワードになり、二世紀以上前、王族を守るために名も知れぬ技術者たちが作り上げたプロトコルが動き出す。物質そのものがパスワードになっているから、数理的手段では決してシステムをハックすることができない。

それは、グローバル経済が王制を呑み込む直前に、列島のエンジニアたちが仕掛けた最後の抵抗の証《あかし》。

ぼくは手のひらをじっと見つめた。

「この装置を使えば娘さんを救うことができる。新しい身分はわたしたちが提供します。——地球人は火星を怖れてなどいない。火星を侵略する気もない。アナタは、過去の亡霊が生み出した、時代遅れの妄想じみたプロットに巻き込まれた被害者です。わたしはアナタたちを救いたい」

「ぼくに」

ぼくは呟《つぶや》くように言った。

「ぼくに、Lと火星を裏切れと言うのですか」

「その装置はアナタでないと使えない」

女性はぼくの問いには答えずに言った。

「なぜ」

「アナタが栖花の父だから」

ぼくは顔を上げた。

「マレビトプロトコルは、王とその一親等しか起動できないように設計されている。抽出されるのは、勾玉だけの量子情報ではなく、あなたの手のひらと勾玉をひとつの系と見立てたときの量子情報。王宮跡の計算機は、その情報を、在位中の王の身体情報と、いまならば栖花の情報を照合して認証する。量子遺伝子掌紋《しょうもん》で三四パーセント以上の合致がなければ、認証は無効になり、起動は中断される。だから、麻理沙がいないいま、アナタしかこの装置は起動できない」

女性は続けた。

「幸せを願ってください」

「わからない」

ぼくは首を振った。

「なぜみなぼくに選択させるふりをする。どうせぼくにはなにも選べない。ぼくは麻理沙に選ばれた種馬にすぎない」

目を瞑《つぶ》った。

「なにを選ぼうとも、すべては決められている」

女性がぼくの頭に手を伸ばす。

「アナタは傷ついている」

髪を撫でた。

「わたしも似た経験をもつ」

女性は子どもをあやすように続けた。

「世界は複雑で、因果の流れは絡まり、人間は決してそれを管理できない。なぜアナタが麻理沙に選ばれたのか、そもそもアナタは選ばれたのか、答えは決して知ることができない。太陽系の未来がどうあるべきか、それもだれにもわからない。だから直観に身を任せるしかない。歴史のこの時点においては、アナタは自分の望みだけを考えればいい」

そして言った。

「アナタはなにを望む」

ヴィークルの軌道が曲がり、かくんと軽い加速度がかかった。

ぼくは答えた。

「麻理沙にもういちど会いたい」

ふたたび沈黙が流れた。

「装置は無条件で差しあげます。使わずに捨てても文句を言わない」

ぼくは動かなかった。

「受け取りなさい。これはもともとアナタたち家族のものなのだから」

女性はあらためて勾玉をぼくの手のひらに押しつけ、停車を指示した。

あなたたち家族、という言葉が鼓膜の奥に反響した。

独り言のように呟いた。

「……起動方法は」

「白い直方体をかちりと音がするまで押し込むだけ。試してみなさい。ここで起動しても なにも起きない。王宮の奥の森林で起動しないかぎり、なにも起きない」

ヴィークルの扉が開いた。

ぼくたちはいつのまにか、女性がぼくに声をかけた最初の街区に戻っていた。歩行者の喧騒が流れ込み、車内に籠《こ》もった熱が路上に拡がり夢のように消えていく。小さな公園で子どもたちが駆け回っていた。内戦が始まっても子どもはいた。避難しなかった、できなかった人々がまだ火星には何百万人も残っていた。

降車した女性は太い両腕を頭上にあげ、背中を思い切り伸ばした。

「火星の空気はなんど来ても慣れない。きっと最初の植民者は乾いた大陸の出身者だったた」

目尻に皺《しわ》を寄せて笑顔で付け加えた。

「忘れないで。アナタと娘さんの味方は地球上に何億人もいる。中華南亜州資源共有連合体とも北米合衆国とも欧州のテロリストともなんの関係もない、ただ娘さんの歌が好きなだけの匿名《とくめい》の人々が、この世界にはたくさんいる」

女性は新たにヴィークルを止めて乗り込んだ。

居住区の透明な天蓋《てんがい》を透かして、砂嵐の季節特有の極彩色の夕焼けが輝いていた。

ぼくは栖花といっしょに地球に向かった。

「地球の重力は火星の三倍なんだよ」

翌朝にはワームホールゲートを潜《くぐ》るはずの夜、軌道エレベータの足もとに建てられたホテルの一室で、栖花はカーペットに手をついて床《ゆか》を這《は》いまわりながら、けらけらと笑って言った。

「機械使わないと、こんなになっちゃうよ」

「立つぐらいできるさ」

「ほんと、やめときなって。もう若くないんだから」

「おれはまだ三四歳だ」

ぼくは抗議した。

「ドクターチェックもクリアした」

「月で待ってればいいじゃない」

栖花は立ち上がり、手をぱんぱんとはたいて言う。

「どうせ全部中継されるんだから」

「因縁の土地をいちどは見てみたい」

ぼくは答えた。

「それになによりも、かわいい娘の一生にいちどの大舞台だ。しばらくは自由に会えなくなる。拡張網膜なんかじゃなく、ナマの瞳で感じたい」

「ほんと、パパってネット嫌いだよね」

栖花はソファに腰を降ろし、肩を竦《すく》めた。

「それが母さんの遺志かもしれないけど」

ぎこちない沈黙が流れた。

ぼくは豪華なつくりのルームバーに向かい、備え付けのコーヒーメーカーでエスプレッソを淹《い》れ始めた。

開戦から四ヶ月が経っていた。ゲートの火星側プラットフォームはSAAC軍に占拠され、一般の利用はほぼ不可能となっていた。けれども、Lはどのようにしてか搭乗券を入手し、前夜の宿泊場所も用意していた。指定のホテルに足を踏み入れると、ぼくたちの頭上にはあの開星記念堂のオーナー企業の紫のロゴが現れ、ぼくが取締役で、栖花がその娘だとする偽《にせ》のプロフバルーンが浮きあがった。部屋は三間続きの豪華なスイートだった。ぼくたちは遠慮なく最後の晩を楽しむことにした。

ごぼごぼごぼ、と湯が泡立ち、大きな音を立ててカフェポッドを通過した。深く甘い香りが室内に拡がる。おお、これは地球産の天然物だと、ぼくははしゃいでみせた。

「わたしは母さんみたいにはならないよ」

栖花が背後で呟いた。

「知ってるさ」

ぼくは振り向かずに答えた。

「麻理沙は愚かだった」

栖花のエスプレッソにミルクを注ぎ入れる。

ふたたび沈黙が襲った。

栖花の隣に座り、無言でカフェラテのカップを差し出す。

両手で受け取り、ふうふうと息を吹きかけながら、栖花は唐突に言った。

「ゲートはなんで現れたんだろう」

カップに唇をつけて続けた。

「ゲートのせいで、みな不幸せになった。なんでわざわざこの時代に現れたんだろう」

「ふしぎなことを言うね」

栖花の頭がぼくの肩にかすかに触れていた。

一四年間、嗅《か》ぎ続けてきた淡い髪の匂い。

ぼくは目を瞑って言った。

「まるでゲートが意志をもっているみたいだ」

「ヘンかな」

「栖花はどう思うの」

「わたし？」

栖花は小さな声で答えた。

「わたしは、怖い」

「怖い？」

「ゲートに込められた想いが怖い」

「想い？」

「オカルトじゃないよ」

栖花は身を離して笑って続けた。

「だれがなんのために作ったかわからないじゃない。そういう意味」

「ゲートは延べ五〇〇〇万人を転送している。事故はいちどもない」

「そんなのなんの証明にもならないよ。人類はワームホールの経路も知らない。エキゾチック物質の質量も余剰次元の湾曲率もなにも測定できていない」

「開業前には論争があった」

ぼくは答えた。

「でもみんな忘れてしまった。それが人間だ」

「わたしはね、ときどき思うの」

栖花はぽつりと漏《も》らした。

「本当は、ワームホールゲートは移動に使っちゃいけないのかもしれないって」

「どういう意味」

ぼくは目を開けた。

栖花は答えた。

「人間とワームホールの関係は、森のなかに打ち棄てられた自動車を発見して、乗り物だとわからずにタイヤだけを外し、ぐるぐる回して遊んでいるサルみたいなものかもしれない。だとしたらいつか怒られる」

ぼくは栖花の横顔をそっと窺った。

一七歳の娘は、麻理沙そっくりの眉を寄せ、麻理沙そっくりの唇を突き出し、頬《ほお》を染めて宙空を無言で見つめていた。

いまならば、栖花がそのときなにを考えていたのかあるていど推測できる。けれども当時のぼくは、娘の声にならない声にまったく気がついていなかった。それでも、もしそこで、そんなことを言い出すなんてなにか知っているのかと、なにを見つめているのかと勇気を出してひとこと問いかけさえすれば、栖花はなんらかの答えを返したはずだった。翌日からの歴史は、そして太陽系の運命はまた少し変わっていたはずだった。けれどもぼくはなにもしなかった。三〇代半ばになっても、ぼくは、麻理沙の声を聞き逃《のが》したあのころとなにも変わっていなかった。

それが、ぼくの二度目の罪だ。

ぼくは立ち上がり、エスプレッソのカップをもって窓に近づいた。

火星には大きな月がない。だから屋外の闇は地球の新月よりもはるかに深い。闇の底に、星明かりに照らされたパヴォニス山の頂、軌道エレベータの搭乗口に向かい磁気軌道の警告灯群が連なっていた。

ぼくは、その葬列のような淡い光を辿りながら、栖花に背を向けて独り言のように呟いた。

「人類はゲートなしではやっていけない」

背後で栖花がぴくりと動くのを感じた。

ぼくはその動揺に気がつかないふりをして、左手をジャケットのポケットに入れ勾玉を握りしめた。

4

路上で倒れたぼくは、医務室で意識を取り戻した。

あたりにはだれもいない。

視野の端で時計を確認すると、ライブの開始時間をずいぶんと過ぎている。ぼくはモニタ表示の制止を無視して、手摺《てす》りを伝って出口へと急いだ。

頭を振り、意識を失う直前の光景を思い起こした。少年の言葉にあらためて不安が募った。ぼくはもういちど地図を呼び出す。医務室のあるカスタマーセンターから王宮本殿跡のホールまで、直線距離で三〇〇メートル。ミュジカロイドのダンスが終わり、栖花が物理身体で舞台上にすがたを現し、演説を始めるまではまだ三〇分以上の余裕がある。

ぼくはポケットのなかの勾玉《まがたま》を確認し、あらためてミッションを反芻《はんすう》する。栖花が身体を聴衆に曝《さら》す、その瞬間に舞台脇の特別席で勾玉に埋め込まれた突起を思い切り押し込む。それでぼくたちのすがたは、拡張知覚から消える。聴衆にもLにも見えなくなる。

ふたたび歩行補助装置を起動する。

拡張網膜に赤字の警告が浮かびあがった。

現在の内的および外的環境下ではこのデバイスの使用はあなたの健康に深刻な害を及ぼす可能性があります。

ぼくは舌打ちを漏《も》らし、耳朶《みみたぶ》をつねった。マスターパスを視線でなぞり、警告を上書きする。

本当に命令を実行しますか。

肯定。

警告を無視し、デバイスを強制起動したことによる身体的あるいは精神的被害に対しては、惑星間生化学相互協定第二四条第三七項の規定により、環韓日海網通集団公司およびエイルプロステシス社はいっさいの責任を負いません。免責条項に同意されますか。

肯定！

大腿部に巻きつくカーボンフレームが蠢動《しゅんどう》を始める。

Lのアイコンのチャットウィンドウが開く。ぼくはただちにクローズボックスをウインクしてウィンドウを閉じた。

「アシフネ・サン！」

駆けつけた看護師がぼくの腕を乱暴に摑《つか》む。

「×××××！」

彼女は、かつて麻理沙が呟《つぶや》いたあの古い異国の言葉でなにごとかを叫んだ。ぼくはその腕を振り払う。倒れ込むようにして観音開《かんのんびら》きの扉を押し開ける。

重く湿った空気が全身を包んだ。

「××××。×××、××、××××××！」

女性はまだ叫んでいる。Lのアイコンはポップし続けている。

ぼくは歯を食いしばり、汗で天然繊維の服をべとべとに濡らしながら、故郷の三倍の重力が支配する炎天下の砂利道にふたたび足を踏み出した。

気温は変わらず三四度。湿度は上がって八〇パーセント。空気は拡張網膜が曇《くも》りそうなほど粘《ねば》ついている。

ホールに到着すると、エントランスゲートが無音で開いた。Lが用意した偽《にせ》バルーンは機能している。

ラウンジは空調が効いている。それだけでずいぶんと楽になる。指定席までの経路が拡張網膜に蛍光表示され、ぼくは指定の扉に向かった。ラウンジの物理照明はすべて落とされ、肉眼では歩けないほど暗い。

ずん、ずん、ずんとリズミカルな低音が床を突き上げていた。補助装置のフレームが細かく震える。インタラクティブではない、本物の物理音響。火星では、物理音響に頼る集会はほとんど開かれることがない。火星には鳥もいなければ虫もいない。火星は地球よりもはるかに静かな惑星だった。

防音扉を開いた。その途端、側頭部を引っぱたかれたかのような衝撃が襲う。拡張網膜に音圧警告が表示された。内耳に感度調整がかかるが、内臓を突きあげ肌を震わせる波の力は打ち消しようがない。火星では体験したことのない空気の密度。そして粘度。ぼくは思わずたじろいだ。その波はぼくには、あたかも生身の肌を見知らぬ人物の指で撫で回されるかのようで、全身に鳥肌が立った。目を凝らすと、闇《やみ》に沈み、若い男女がリズムに合わせて身体を揺らしている。栖花の歌にこんなに激しい曲があっただろうか、と訝《いぶか》しみながら、ぼくは拡張知覚の指示にしたがい手探りでまえに進んだ。

群衆を掻《か》き分け関係者席に辿りついたときには、プログラムはすでに最後の曲に入っていた。

フロアがスタンディングの客で埋まるなか、ぼくはひとり席に腰掛けた。補助装置のフレームは三つに分かれ、肘《ひじ》掛《か》けの横と座席下部に収納される。あらためて見上げると、舞台では栖花がデザインしたキャラクターが両腕を大きく拡げて歩き回っている。足を踏み出すごとに肌や瞳《ひとみ》の色が目まぐるしく変わり、彼らがまとっているのが物理身体ではなく記号身体であることがわかる。バックバンドは現実の人間かもしれないが、解像度では区別がつかない。

歓声がいちだんと高くなった。キャラクターが空中で分解し旋回し、融合してひとりに統合される。栖花そっくりの外見。ただし年齢だけが年長に設定されている。その上半身を包むようにして、歌詞が空中に現れ、螺旋《らせん》を描いてぐるぐると回った。

違和感を感じた。歌詞を追い、違和感はますます強くなった。ぼくは胸をざわつかせながら、文字列のひとつに手を伸ばした。指のさきの単語がぐいと引っ張られるアニメーション。ピンチアウトをすると楽曲情報が呼び出せる。見慣れぬ文字が現れ、ぼくはタップしてアルファベットに切り替えた。地球人が声を合わせ、拳《こぶし》を突き上げるその歌は、栖花の六年前のリリース、あのハルマキス河岸での夕べを謡《うた》いあげたバラードの新しいアレンジだった。

驚いて舞台を見上げた。栖花そっくりの顔が、髪を振り乱し汗を飛ばし声を張りあげている。失われた母への郷愁を刻んだはずの詩が、言葉だけはそのままに、アルゴリズムの力で扇情的なものに変えられている。

ぼくは勾玉を握りしめる。

冷や汗が流れる。

そうか、きみはその道を選んだのか。

これが「母さんみたいにはならない」の意味か。

いい、いい、いい、いい、いい。

Lのアイコンはまだポップし続けている。

楽曲が終わりに近づき、サビのリフレインが始まった。舞台の上手《かみて》から下手《しもて》へ、そして観客席の後方から舞台へ、球状に加工された火星戦争の報道映像が流れる。観客と中継視聴者のメッセージがリアルタイムで投影され、賞賛の声が網膜を埋め尽くす。観客拡張現実の照明が花火のように爆発し、ミュジカロイドの身体が弾《はじ》け、その廃墟《はいきょ》からふたたび、同じ女性が初期火星植民者の気密スーツを身にまとい両手を拡げて現れる。

空中に浮かぶ、One Mars One People の文字。

会場の興奮が絶頂に達する。

床が震動する。

ぼくは椅子に身体を埋め、その演出を冷ややかに観察する。

唐突に地球への憎悪に襲われる。

おまえらは豊かだから想像できないのだ。生命に満ちているからわからないのだ。

クリュセの魚がどれほど貴重なものか、わからないのだ。

栖花、ぼくはきみがなにを考えているのかわからない。けれどきみはぼくが育てた。だからぼくには義務がある。きみをこの醜い世界から救い出す義務がある。麻理沙の呪《のろ》いから救い出す義務がある。

みながきみに麻理沙の複製を見ている。ぼくでさえ見ている。麻理沙が死んでから一七年、ぼくはもう彼女の黒髪を、好奇心でくるくる輝く瞳を、笑窪《えくぼ》の残る丸い頬《ほお》を、薄い唇を、きみに残るかすかな痕跡《こんせき》を通してしか思い出すことができない。けれどもきみは麻理沙ではない。こんな醜悪な世界に身を曝すことはない。地球人の無責任な熱狂を担うことはないのだ。

ぼくは勾玉の突起に親指をかけた。栖花は勾玉の存在を知らない。ぼくはあの緋色《ひいろ》の女性と、脱出のあと月のコペルニクス市に移動することだけを約束していた。コペルニクスは、SAACにも北米合衆国にもニジェール連邦にも属さない、国際法上の国家主権を認められた唯一の地球外自治都市だ。そしてそこには、父の葬儀以来、もう八年も連絡を取っていない、六〇代半ばの母が住んでいる。

音が消える。

轟音《ごうおん》のような拍手とともに、メッセージが拡張現実を埋め尽くす。ミュジカロイドが、テキストバルーンを縫《ぬ》うように投げキッスを送る。投げキッスは空中で固体化し、輝く星になって客席に降り注ぐ。

ぼくは栖花から聞き出したプログラムを思い起こした。アンコールはない。あと一分もすれば、現実の、生きる栖花が舞台のうえに現れる。

全身が震えた。

補助装置を装着する。

ゆっくりと立ち上がる。

拡張層を落とすため、右手を耳朶に伸ばす。

けれども——

指が止まる。

目を疑った。

壇上に少年がいた。

麻理沙が生きていると告げ、栖花が死ぬだろうと予言し走って逃げた、あの亜麻色の髪の少年がいた。

上半身に薄布をまとっただけのすがたで、淡い光に包まれて、蝟集《いしゅう》するテキストバルーンを巧みに避けてぼくをまっすぐ見つめ、微笑を浮かべ立っていた。

一〇メートル近い距離を超えて、嗅ぎ慣れぬ花の香りがふたたびぼくを襲う。

……太陽系は異星の知性に囲まれています。

5

背後で栖花が演説を始めていた。

ぼくはその声を無視して少年を追った。

少年は身体を翻《ひるがえ》し、舞台の袖《そで》へと向かった。

補助装置を緊急起動し、群衆を押し分けながらそのすがたを追った。汗だくになって走った。こんどは苦しくもならなければ体内警報も鳴らない。少年の存在にもだれひとり気づかない。けれどもそのときはそれを訝《いぶか》しむ余裕もなかった。

防音扉を開け、ホールの外に出た。

うしろ手で扉を閉めると静寂に包まれた。

栖花の声だけが、拡張内耳の奥で響き続けていた。

だから、いまは人間同士で戦うべきときではないのです。


深呼吸をした。

ラウンジにはだれもいなかった。係員はいないし観客もまだ退場していなかった。乾いた冷気で満たされたそこは、フロアの熱狂とはまるで別の惑星だった。

左右を見渡した。回廊がホールの外壁をなぞり弧《こ》を描いていた。右手がエントランスに繋《つな》がり、左手はゆるやかな傾斜で下り、おそらくは楽屋へ繋がっている。小さな天窓が一定間隔で開き、細く光の柱を落としていた。

たたたた、と小さな足音が響いた。

薄闇《うすやみ》の奥を白い影が駆け抜けた。

曲面の向こう側に消える。

「待て！」

ぼくは大声で叫び、あとを追った。

わたしの名は、ウェイチュアン・チーホア、あるいはアシフネ・スミカ。今日の舞台を飾ったアルゴリズムの設計者。地球暦二四五一年一月、火星暦一一〇年牧草月、ユーラシア大陸で起きた大規模テロの実行犯である、あの大島麻理沙の娘。二世紀前に滅びた小さな島国の王族の末裔。わたしは今日、みなさんに真実を伝えるために物理身体を曝《さら》すことを決意しました。

回廊を駆け下りた。

坂はいつまでも終わらなかった。予想よりもはるかに長かった。湾曲は少しずつ半径を小さくしていった。回廊は螺旋《らせん》状に地下に深く降りているようで、それはホールの外観と明らかに矛盾していた。息が切れ太腿《ふともも》が上がらなくなった。それでも曲面の彼方では、いつまでも少年の白い上着の切れ端がはためき続けていた。

小さな気密扉に行きついた。

ぼくはようやく不安を感じた。なにかがおかしかった。けれども回廊は一本道だった。少年は気密扉の向こうにいるはずだった。

ハンドルに手を掛けた。

強い既視感に襲われた。

これは――

この場所は――

栖花が話し続けていた。

わたしの母、麻理沙は生きています。彼女の身体は核融合の熱で溶けた。しかしその魂は異星の技術によりネットワークのなかで生かされている。わたしはそのことを半年前に知りました。彼女がずっと無数のアバターを通してわたしを見守っていたことを知りました。母がわたしに歌を教えてくれた。詩を教えてくれた。そして異星の知性の存在を教えてくれた。みなさんがチーホアと呼ぶ作曲者は、母とわたしの融合体なのです。

ぼくは動悸《どうき》で破裂しそうな心臓を押さえながら、真っ赤な防寒服が長いベンチのうえに並ぶ気密室を抜けた。震える指を外扉の開閉パネルに伸ばす。ボタンを押した。

ごう、と低い音が鳴り室内の空気が勢いよく吐《は》き出された。

強風に押され身体がよろめいた。

鼓膜が張る。

ああ、知っていた。

いいいい、そこは火星だった。

目のまえのドームに見覚えがあった。単分子コーティングされた漆黒《しっこく》の偏光膜に包まれた火星の起源。アメリカ航空宇宙局、宇宙航空機識別番号1975－075C、ヴァイキング一号着陸機。太陽系第四惑星、北緯二二・四八度、西経四七・九七度。ぼくと麻理沙が出会った場所。

けれどもドームの彼方に拡がるのは、赤い砂漠ではなく緑の草原。肺を満たす柔らかな甘い匂い。それはおそらくは、地球の文学では春の香りと形容されているもの。二五世紀の火星人が決して経験することのない、生体高分子の交響楽。

視野の下端に数字が現れる。

気温一七度、湿度四二パーセント、気圧七八〇ヘクトパスカル。

地球化の終わった未来の火星。

無意識に太腿に手を伸ばした。歩行補助装置は跡形《あとかた》もなく消えていた。

背中から声がした。

「彰人くん」

振り向いた。

目のまえに麻理沙が立っていた。

ワームホールゲートは移動装置ではありません。人類はゲートの本質を誤解し続けている。

――アシフネ、大丈夫か。申しわけないがバックドアを使わせてもらった。そちらの視覚を転送できない。もしまだ会場にいるなら栖花を止めてくれ。サーバの管理者権限が上書きされた。映像中継が遮断できない。われわれの計画は危機に瀕している。

視野の端でLのメッセージが強制起動した。

けれどもぼくの目は麻理沙に奪われていた。

それはたしかに麻理沙だった。ぼくが最初に出会った一六歳でも最後に会った二一歳でもない、生き続けていればいまごろはその年齢であっただろう、四〇歳近いすがたの麻理沙だった。

彼女は草原のうえに素足で立っていた。少年と同じ白い布を身体に巻き付け、腰のうしろで結んでいた。布地は服というよりも肌に近く、淡く光り、着用者の心理をモニタして色や襞《ひだ》や形を変えるようだったが詳しい仕組みはわからなかった。肩も腰もいまでも細く、すらりと伸びる胴体は記憶のままだったが、目元には皺《しわ》が寄り丸い頬《ほお》はかすかに弛《たる》んでいた。二〇年近い時間が痕跡を刻んでいた。

それでも彼女は美しかった。ずっとこのひとに会いたかったのだと、ぼくはあらためて思った。

麻理沙さん。

ぼくは呼びかけた。

けれども、舌はからからに乾き耳はごうごうと鳴り、その声が本当に空気を震わせることができたのかどうか、自分でもよくわからなかった。

地球から入り火星に出る、あるいは火星から入り地球に出る、そのときわたしたちはじつは時空を移動するのではない、いちど量子レベルで完全に破壊され、超弦空間を自在に操る未知の力によって複製され、目的地の時空で再生されているのです。それは移動機械よりも――かつて地球で使われた古い技術で喩《たと》えれば――ファックスに似ている。それでは、なぜ異星人はそんな装置を太陽系近傍空間にばらまいたのか。


麻理沙は静かに言った。

「元気だった？」

ぼくは声にならない声で答えた。

元気だったよ。

「最後に会ってから、どれほどの時間が経ったのかしら」

地球暦で一八年、火星暦で一〇年。

「即答だね」

忘れるものか。

「栖花っていい名前だね。いい子に育ったね。ありがとうね」

きみの娘だもの。

「彰人くんが育てたから」

そう言って麻理沙は微笑《ほほえ》んだ。

それは、一八年前、はじめての行為のあと、火星光に照らされた彼女がぼくの左頬を撫《な》でながら見せたものとまったく同じ微笑みだった。記憶の断片が生々しく甦《よみがえ》った。こめかみが激しく痛んだ。麻理沙のもとに駆けよろうとした。抱きしめたかった。けれども身体は一ミリも動かなかった。

ふたりはまるで静止画のように向かいあい、栖花の声だけがアフレコのナレーションのように流れ続けた。

それはハッキングのためです。あるいは感染。それとも侵略と呼ぶべきでしょうか。ゲートを通過し目的地で再生するたびに、わたしたちの脳には異星のプログラムが書き込まれる。皮質と海馬《かいば》の配線そのものが書き換えられる。魂が少しずつ異星のものになっていく。地球火星間ゲートが開いて一三年、延べ五〇〇〇万、ユニークユーザーで二〇〇〇万人近くが、すでに魂の改変を受けている。改変はきわめて微量です。個人単位の解析では発見できない。意味論の揺らぎで十分に吸収できる。しかし二〇〇〇万のサンプルを追跡調査すれば、統計的に必ず有意な変化が抽出できるはずです。介入はすぐに影響を及ぼすものではありません。けれどいつの日か文明そのものの方向をねじ曲げてしまう。いや、それどころか、その影響は、すでにこの一〇年、太陽系社会が長い平和と安定を放棄し、ふたたび騒乱の時代に入ったことに現れているのかもしれない。

ぼくは金縛《かなしば》りにあったまま、ネットワークが身を震わせるのを遠い海鳴りのように感じた。彼らの動揺は、数分、数十分、数時間遅れで太陽系全域を津波のように襲うはずだ。

——アシフネ！

Lが叫んでいた。

——栖花は裏切った。彼女はゲートを落とすつもりだ。

麻理沙がわずかに首を傾《かし》げると、Lとの接続はぷつんと切れた。

彼女は苦笑を浮かべて言った。

「わたしたちの娘はちょっとおっちょこちょいね」

栖花と同じ黒髪を掻《か》きあげて続けた。

「そういう意味じゃなかったんだけど」

緑の草原を風が吹き抜ける。

足元で揺れるのは、大気組成改変のため二二世紀に散布された、自律進化型フォンノイマンマシンのなれのはて。

そのかたちは地球の植物と驚くほど似ていた。


侵略の主体は、ワームホールゲートそのものなのかもしれません。ゲートそのものが自律進化型の自己増殖システム、つまり一種の生命なのかもしれません。彼らは、銀河の星々を渡り歩いては、知的生命体に超光速の移動手段を提供し、かわりに代償として魂を抜き取り、自らの複製を生産し散種するように文明を改変するのかもしれません。わたしたちが火星を地球化したように、ゲートは人類の脳そのものを異星化しているのかもしれません。


麻理沙は感心したように呟く。

「なるほどね」

じつに軽い口調。まるで公園の芝生《しばふ》にピクニックシートを拡げ、菓子をつまみながら同級生の噂話《うわさばなし》をしているかのよう。

現実の麻理沙がそんな噂話をするのは、いちども聞いたことがなかったけれども。

麻理沙は続けた。

「ひとは変わる。他者の侵入で変わる。純粋なものなんてない。あの子にはまだわからないかな。彰人くんの年齢だったらわかるよね。子どもができれば、だれにでもわかることだもの」

そして付け加えた。

「わたしはそのまえに死んじゃったけれど」

ぐにゃり、と視界が歪《ゆが》む。

死んじゃった、という言葉が胸に突き刺さる。

それではきみはだれなのか。ここはどこなのか。栖花の話は正しいのか。尋ねるべきことは山のようにあったけれど、ぼくの舌はただひとつの問いしか発することができなかった。

「もう、麻理沙さんには会えないの」

ぼくは直立不動のまま掠《かす》れ声で呟《つぶや》く。

それはまるで子どもの哀願のようで。

麻理沙は微笑みを浮かべ黙っている。

栖花の声が、ぼくの疑問に答えるかのように空中で響いた。

わたしの母、麻理沙もまた本来の彼女ではありません。ネットワークで生かされているのは彼女の複製。コピーのコピー。二四五一年のテロ以降、太陽系中で大量に生産され流通した、大島麻理沙のヴィドとインタラクティブの集合から、異星人が試験的に再構成した擬似人格。ゲートが海王星軌道を越え、太陽系文明へのリアルタイム接続を始めたとき、異星人が発見したのは母のイメージの奔流でした。だから彼らは母に関心を抱いた。わたしが出会った母は、その奔流と、テロリストが定期的に採取していたニューロスナップショットをもとに作られた、インターフェイス・プログラムにすぎない。

「わたしは、みなが大島麻理沙だと見なしたものの集合体。王族の末裔《まつえい》としては悪くない。だって、地球では王ってそういうものだったんでしょう。国民統合の象徴」

麻理沙は言った。

……だから、わたしは母を裏切ることにしました。

「でもきみはぼくを覚えている」

「それは当然。わたしたちは多くのひとに監視されていた。ネットには無数の記憶の断片が漂っている。だから彰人くんのことは知っている。生前のわたしが彰人くんのことをどう思っていたかも知っている。すべては電子記録から再構成できる」

「きみには意志があるのか」

「ある」

「欲望は、感情はあるのか」

「このわたしは、むかしよりも、生きていた麻理沙よりも、ずっと自由に動いている。自由に感じている」

「プログラムなのに」

「プログラムにも魂はあるの」

麻理沙は笑った。

なぜか涙が零《こぼ》れそうになった。

ぼくは言った。

「なんのためにぼくのまえに現れた」

「最後の挨拶《あいさつ》をするために」

「最後の？」

「そう。ゲートが破壊され、太陽系文明とわたしたちの接触が不可能になるまえに。ひとこと感謝の意を伝えるために」

「どういうことだ」

「栖花の話を聞けばわかる」

麻理沙がそう言った瞬間、空中に栖花の映像が現れた。

栖花は舞台のうえに立っている。背後には、ついさきほどまでいたはずの、けれどもいままでは、何千年、何億キロもの彼方《かなた》に遠ざかってしまったように感じる地球のホールの舞台装置が映り込んでいる。ぼくの視点からは、栖花の映像は麻理沙のすがたに重なって見える。

ぼくはふたりのすがたを同時に眺め、その相似にあらためて衝撃を受ける。

これが母娘というものか。

栖花の映像は声を張り上げた。

わたしは、失われた王国の最後の後継者、第一四六代皇帝、トモノミヤ・スミカ。わたしはここに、火星で生まれ、人類の文化を愛するもののひとりとして、ワームホールゲートの破壊を宣言します。

右手を挙げた。

伸ばした人差し指のさきに、光る紫のリングが現れる。

リングは少しずつ拡がり、回転するハイパーリンクアドレスへと変化する。

わたしの意志に同意する太陽系のみなさん、いますぐこのリンクから新しい曲をダウンロードし、ソーシャルをオンにし、ミュジカロイド・チーホア=プラス・ヴァージョン3以降で自律進化型再生を展開してみてください。同時接続のユーザー数が一〇〇万を超えれば奇跡が起きます。

麻理沙が微笑みながらゆっくりと頷《うなず》く。

ぐらり、と大地が揺れる。

ばちばちと荒っぽいノイズが走り、拡張内耳がLとふたたび繋がった。

今度は声ははっきりしている。

「物理回線を落とせ。旧王宮の計算環境自体を落とせ。とにかくダウンロードを阻止するんだ。栖花はおそらく、地球か火星、いずれかのワームホールゲートを包む人工重力場に協調分散攻撃《DDoS》を仕掛けようとしている」

栖花の指先にIPアドレスが集まり虹となった。

中心に高速回転するデジタルカウンタ。数字はすでに六桁《けた》を超えている。

拡張空間がメッセージで埋まる。

「わからないのか？　麻理沙が復活したんだ。栖花は麻理沙になったんだよ。しかもいいいいいいいいいいい、われわれの管理下にない麻理沙に！」

Lが叫ぶ。

ポケットに入っているはずのマレビトプロトコル。ぼくは唐突にその存在を思い出す。それを起動すれば事態は打開できる。二世紀前の呪《のろ》いが動き出し、ホールの拡張現実は消えネットワークは落ちる。栖花は太陽系から切り離される。けれどもぼくの手は金縛りにあったまま、ぴくりとも動かない。

「……ぼくはまるで道化《どうけ》だ」

「そんなことない！」

麻理沙が栖花の向こうで叫ぶ。

「そんな悲しいこと言わないで」

「なぜさ」

ぼくは言った。

「きみを救おうとして捨てられ、娘を救おうとして捨てられ、空回《からまわ》りばかりの人生じやないか」

「わたしはあなたに救われた」

麻理沙が前方に歩み出る。

栖花の映像を通り抜けて、ゆっくりとぼくに近づく。

「たしかにそれはこの世界線では、少しだけ、ほんの少しだけ遅かった。だからわたしは死んだ。けれども栖花が残った。このわたしはそのことに感謝している。彰人くん、あなたはわたしを救い、栖花を生み出した」

麻理沙が目のまえに立った。

ぼくよりも二〇センチは低い背丈。薄い肩と小さな胸と細い脚。上半身に巻きつけた布は、子どものワンピースのようにすとんとまっすぐに落ちている。もう二〇年以上もむかし、ぼくが最初に憧《あこが》れ、最初に触れたいと願った異性の身体。

「生前のわたしはずっと、だれかがわたしを救ってくれるのを待っていた」

「ぼくは救えなかった」

「いいえ、救った」

「麻理沙さんは死んだ」

「このわたしは生きている」

「ならば抱きしめさせてくれ！」

アレス、マルス、ハルマキス……

栖花が鼻歌を口ずさんだ。

ネルガル、ティール、ホルス、インフオ……

麻理沙は一瞬、たじろいだように見えた。揺れる黒髪と草原の背景のあいだに、ほんのコンマ数秒、小さなフラクタルノイズが走った。

ぼくは声を絞り出して訴えた。

「ぼくが救いたかったのは、きみじゃない、手を握り髪を撫で唇を合わせることができる現実の麻理沙だ。ぼくは彼女を愛していた。ずっと一緒にいたかった。ひとつの部屋でともに暮らし、くだらない悩みやつまらない噂で一喜一憂し、一八年を栖花と三人の思い出で満たしたかった。もしきみが麻理沙だというのなら、ぼくの手を握ってくれ。頬を撫でてくれ！」

耳が鳴った。

麻理沙は静かに答えた。

「ごめんね。それはできない」

そして付け加えた。

「でもね、彰人くん、このわたしはずっとあなたのことを眺めてきたの——大好きだよ」


この曲はわたしのはじめての歌。母の力を借りないで作ったはじめてのアルゴリズム。歌詞は、母が、プログラムではない現実に生きていた母が、父との最後の逢瀬《おうせ》で、わたしを授かった朝に口ずさんだ火星の古い童謡から取りました。わたしはそのエピソードを父から直接に聞きました。電子記録はありません。だから偽物の麻理沙はそれを知らない。知るはずがない。わたしはこの歌を父に捧げ、そして父のもとを去ります。さようなら、お父さん。そしてありがとう、お母さん。


さようなら?

ぼくは突然われに返った。

そうだ。ここは偽の世界だ。ぼくは現実に戻らねばならない。二四六八年の、一七歳の栖花が生きる世界に戻らねばならない。そして彼女を救わなければならない。

「栖花！」

ぼくは宙に向かって叫ぶ。

「これは嘘《うそ》だ。こんなのはすべて嘘だ。ぼくを現実に戻せ！」

その瞬間、栖花の立体映像が音もなく崩れ落ちる。全身がガラスが割れるようにこなごなに砕け、光の粒子になって空中に吸い込まれる。

麻理沙はもとのすがたのまま立っている。

――だめだ！

Lが遠くで悲鳴を上げた。

――落ちる。衛星が落ちる！

大地がふたたび揺れる。強い、生温かい風が吹きつける。ごごごごご、と雷鳴に似た低い音が響く。風が嗅《か》ぎ慣れぬ生臭い匂いを運んでくる。

これは――

この匂いは――

「あれ」

麻理沙が首を傾げる。

「おかしいな。サブルーチンが分離したかな。こんなところで観測選択の発散が起きるわけないのに。なんで三二〇〇年代の時空アドレスが呼び出されるんだろう」

麻理沙は顔を曇《くも》らせて独りごちる。描画がぶれていた。目尻の皺の処理がもたつき、染みのようなノイズが頰にまで拡がっていた。ワームホールゲートへの栖花の攻撃が効き始めているのだと、そのときのぼくは思い込んでいた。

「計算資源が奪われている」

麻理沙は、青空を見上げて呟く。

「……だれかいるの」

「現実に戻せ！」

ぼくは叫ぶ。

「ぼくは父親だ」

「ごめんね。問題が起きたみたい」

麻理沙は静かに告げる。

「じゃあね。なんか慌ただしいけど、これでさようならだね」

麻理沙は、あるいは麻理沙の分身は、そう言ってぼくの背後を指さした。

「二五世紀の地球には、あのドアから帰れるわ」

突然、金縛りが解けた。ぼくは姿勢を崩し、草原に跪《ひざまず》いた。ぼくは立ち上がって身を翻した。麻理沙が指示した開星記念堂の気密扉に向かって走り始めた。ぼくたちはいつのまにか、記念堂から何百メートルも離れていた。

「L！」

拡張知覚を繫ぐ。

擬似植物の蔦《つた》に足を取られた。

——アシフネか？　いまどこだ。

「火星だ！　未来の火星だ！　栖花は正しい。だから栖花を絶対に行かせてはだめだ」

ナノモジュールの繊維を引きちぎり、足をもつれさせながら、ぼくは怒鳴るように答えを返す。布地のうえから尻のポケットを確認した。勾玉はまだ存在する。マレビトプロトコルはまだ起動できる。いつのまにか歩行補助装置が消えていたことには、まったく気がつかなかった。

「ぼくが栖花を取り戻す！」

——未来の火星？

Lの声が訝しげに返す。

ぼくは無視して草原を駆け抜ける。

けれども。

「ねえ、彰人くん」

扉に辿《たど》りついて開閉パネルに指を伸ばした瞬間。

「覚えてる?」

なぜか背後で麻理沙の声だけが響いた。

「わたしにとっても、あなたははじめてのひとだったんだよ」

踵《かかと》からうなじまで、全身の毛が逆立《さかだ》った。なぜ毛が逆立ったのかわからなかったが、ぼくは強い恐怖に襲われた。大地の震動が激しくなっていた。生臭い風がますます強くなっていた。世界が崩れる音だと本能が告げていた。心臓が逃げろと急《せ》かしていた。けれども足はぴくりとも動かなかった。

「だからあなたとわたしは運命で結ばれているの」

ぼくはゆっくりと振り向いた。

そこにいるのは麻理沙ではなく——

あの亜麻色《あまいろ》の髪の少年。

Marisa is alive.

麻理沙は生きている。

And Sumika will be gone.

そして栖花は行ってしまうだろう。

少年の予言は完璧にあたった。

少年は、あるいは少年のすがたをしたそのなにものかは、ふたたび声に出さずに唇で告げる。

会話支援アプリが自動起動し、拡張網膜のうえを文字が流れる。

If you want Marisa, go through the Gate.
You can take another world line, again.

麻理沙を手に入れたければゲートを潜《くぐ》れ。

そうすればきみは、もういちどべつの世界線に乗ることができるだろう。

少年が笑い出した。

けらけらけら。

声を出して、亡霊のように笑った。

布を覆《おお》う光の渦。

その小さな頭の向こう、かつて二三年前に、あるいは一〇〇〇年前に麻理沙とともに登った緑の丘を越えて、泡立つ巨大な液体の壁が現れ始めていた。海が轟音を上げて迫っていた。

そうだ。

あの匂いは――

二五世紀の火星人が決して自然界で嗅ぐことのない、インタラクティブのなかでしか体験したことのない、水分子と塩化ナトリウムと生体高分子の――

耳がごうごうと鳴り頭がぐるぐると回る。ぼくは波と泡に目を奪われ立ち尽くす。

麻理沙は言っていた。

「ここはいつか海の底になる。わたしたちの頭のうえに、何十メートル、何百メートルも水が満ちる。火星に魚がやってくる。クジラやイルカやサメやタコやカメがやってくる。もうそのときは人間なんていないかもしれない。それが、わたしたちの本当の未来。テラフォーミングの帰結」

なぜその言葉を忘れていたのだろう。

ぼくは、麻理沙の夢が実現する日に生きている。

テンペ大陸からメリディアニ高地へ延びる堤防の門が開かれ、クリュセ全土が浅海に変わる日に生きている。

ぼくはそのようにして、いちど溺れ死んだ。

6

「結論が出た」

Lは憂鬱そうに告げた。

「きみが見たものは幻覚だ」

ぼくはぼんやりと頷《うなず》いた。

「きみは栖花とSAACに嵌《は》められたんだ」

Lはデスクに肘をつき、緑の瞳《ひとみ》でぼくを覗《のぞ》き込んだ。

ぼくはその視線から逃げるように目を逸らし、窓外に目を遣った。眼下に白い雲と黄土色の大地が拡がっていた。そこは、アフリカ大陸の上空八〇〇キロを移動する、古びた低軌道雑居ステーションの一室だった。

「それですべて説明がつく」

Lは続けた。

「きみは地球に降下するまえ、インド洋上空の静止軌道プラットフォームで、代謝系を高重力に適応させるため複数のナノマシンをブレンドして摂取している。さらに加えて、警告を無視して歩行補助装置をいくども強制起動している。知ってのとおり、補助装置は下肢の駆動を力学的に補助するだけではない。それは神経系にも介入する。代謝系の副交感神経に展開されたナノマシンネットワークと、エイルプロステシス社の強制起動コマンドが干渉を起こし、突然の昏睡《こんすい》を招いたというのがうちのスタッフの結論だ。……なんならファイルを見るかい？　めずらしいケースらしい。脳計算解析の申し出が三件、損害賠償請求訴訟の提案が二件来ている」

ぼくは首を振った。

また窓の外を見る。客室棟の回転に伴って地球が消え、こんどは廃墟《はいきよ》寸前の実験棟や発電棟の無骨なシャフトと、星空を背景にゆっくりと動く大型貨物船が見えた。点滅する赤い警告灯。舷側に輝くコーンフレークの悪趣味なロゴ。おそらくあれは火星行きの貨物船だ。

栖花の攻撃が成功し、ワームホールゲートが大気圏に突入し燃え尽きてからこの二週間、地球の六本の軌道エレベータはテロ対策ですべて閉鎖され、人類はふたたび重力井戸の底の不便な生活を強いられていた。低軌道に浮かぶ年代物のステーションは、いずれも突然の賑《にぎ》わいを享受している。

ぼくは呟《つぶや》くように問うた。

「栖花はどうなりました」

「公式には行方不明だ」

Ｌは溜息《ためいき》をついた。

「とはいえ、ＳＡＡＣに匿《かくま》われていると考えるのが妥当だ。きみの言う緋色《ひいろ》の女――おそらく環韓日海州行政府の高等政治コミュニケーターだろうが、われわれがアプローチしたときには、すでに外交特権で火星の滞在記録にはアクセスできなくなっていた」

Ｌは宙空に焦点を合わせ、瞳を忙しく動かす。

ネットワークのデータにアクセスしているのだ。

「例の機密コードの起動装置。もはや現物がないので検証しようがないが、たしかにその女が告げたとおりの機能の装置は存在した可能性がある。ただきみが手渡されたものは偽物だ。記録では、地球暦二四六八年八月一五日の環韓日海州標準時一六時〇三分、栖花が新曲へのハイパーリンクを張ってから一四七秒後、旧王宮から外部への映像中継ポートがすべて過負荷で落ちると同時に、栖花のすがたがあらゆるモニタで確認できなくなっている。もしもきみに渡された機械がダミーで、栖花にこそ本物が託されていたのだとしたら、消滅の理由は理解できる。きみへの接触は、われわれを騙《だま》すための囮《おとり》だったわけだ。実際にわれわれはきみを中心に監視していたので、その戦略は機能した。旧王宮内の環境計算プラットフォームは私的所有物なので、正式に令状を取るかハッキングでも仕掛けないかぎり、これ以上はどうしようもないがね」

ぼくは窓から離れ、部屋の中央のソファに身を投げ出すようにして座った。

「SAACの狙いは」

「わかるものか」

Lは肩を竦めた。

「あの帝国も一枚岩じゃない。案外、ぼくたちと同じく火星の独立をもくろんでいるのかもしれない」

「栖花はぶじだろうか」

「栖花はいまや有名人だ。英雄だ。亡き母の遺志を継ぎ、ゲートを破壊し、太陽系を救った。利用価値は高い。SAAC以外にも、彼女を匿いたい組織は無数にあるはずだ」

Lは付け加えた。

「とはいえ、これで火星が平和になるとは思えない。地球との絆を失えば混乱はむしろ深まる」

実際、ワームホールゲートの破壊が火星に与えた衝撃は大きく、恐慌を起こした新入植者と旧火星住民との衝突がすでにあちこちで報告されていた。地球広域国家の駐留軍は早くも撤退を検討し始め、専門家は、共和国軍と人民戦線の双方が孤立し、戦闘が先鋭化する可能性を指摘していた。

とはいえ、そのときのぼくはふたたび火星の未来や太陽系の政治に関心を失ってい た。栖花の宣言と同時にぼくのプライバシーもまた丸裸にされ、ネットでは虚実入り乱れさまざまなヴィドやインタラクティブが流通していたが、ぼくはそれにもなんの関心も抱けなかった。ぼくは二週間のあいだ、麻理沙を最初に失ったときと同じように、部屋に引きこもり廃人のように生きていた。

そんなぼくがLに会いに成層圏までやってきたのは、まだひとつやるべきことが残されていたからだ。

ぼくは話題を変えた。

「――ぼくの頼みはどうなりましたか」

「宇宙艇は用意した」

Lはデスク越しにぼくの顔を覗き込み、しばらく黙ったあとで言った。

「火星の静止軌道でここに連絡すれば、ゲートの近くまで曳航《えいこう》してくれる。あとは運次第だ」

Lはそう言って顔写真とコンタクトアドレスを空中に呼び出すと、ぼくのほうに無雑作に弾《はじ》き飛ばした。ぼくはそれを左手で受けて拳《こぶし》のなかに格納した。

「ありがとう」

ぼくは礼を言った。

「本気なのか」

Lは言った。

「死ぬぞ」

ぼくは拳に視線を落とした。

「あなたも幻覚だと思いますか」

「未来の火星」

Lは暗い声で答えた。

「信じろというのは無理だよ」

「栖花の主張については」

「専門家に分析させた。栖花の主張した真実なるものは、この半世紀のあいだばらまかれてきた陰謀論のつぎはぎにすぎず、なんら新しい情報を含まない。プログラムを走らせた三〇〇万人も、多くはそれを知っていて、半ば冗談だと思って祭りに参加したはずだ。まさか本当にプラットフォームの重力スピンコントロールが暴走しゲートごと墜落することになるとは、だれも思わなかっただろう。栖花は、ＳＡＡＣのエージェントに騙された憐《あわ》れな天才少女といったところだな」

「それならば」

それならばなぜぼくの頼みを聞いてくれるのか。

ぼくはそう問おうとしたが、なぜか言葉にならなかった。

しばらく沈黙が流れた。

ぼくは腰を上げて手を差し出した。

「……本当にありがとう」

Ｌはその手を強く握り返した。

「きみにはいろいろと迷惑をかけた。当然だよ」

Ｌは静かに続けた。

「ペアリングが壊れたワームホールゲートの挙動は予測できない。先日火星で投入された探査機は一瞬で消え、あらゆる通信を絶った。もしきみが三万天文単位の彼方に飛ばされるのだとしたら――きみは、人類で生きてもっとも遠くまで旅立った存在になる。成功の暁にはぜひレポートを送ってくれ。そのデータだけで、宇宙艇のひとつやふたつ軽く元が取れる」

ぼくはその顔をじっと覗き込んだ。

一五年前と変わらぬ亜麻色の髪。深い眉弓《びきゆう》の奥から覗く緑の瞳。けれど瞼《まぶた》の下にはうっすらと隈《くま》が出て、頬にひとつ小さな染みが現れていた。むろん彼はそんな老化の兆《きざ》しなど、明日にでも外科的に除去してしまうこともできるだろう。けれどもぼくはそこに、栖花の裏切りが穿《うが》った決して癒《い》えることのない傷を、虚無を発見したような気がした。

ぼくはふと思いついて提案した。

「あなたも行きませんか」

Lの手が止まった。

「麻理沙のところに」

Lは顔を歪めた。

それは、Lと知り合ってからの一五年間ではじめて見せた表情だった。Lは目をしばたたいた。唇をかすかに開き、そしてふたたび思いなおしたように閉じた。いまにも泣き出しそうに、感情が爆発しそうに見えた。

けれどもLは言った。

「やめておくよ」

ぎこちない苦笑を浮かべていた。

「ぼくには仕事がある。それに――」

「それに？」

「それに――」

Ｌは首を振った。

そして呟くように付け加えた。

「それに、麻理沙に愛されているのは、いつもいつもきみなんだからな」

嫉妬《しっと》の棘《とげ》が一五年ぶりにかすかに頭をもたげたように、そのときのぼくは思った。

Ｌが用意した宇宙艇は、火星の静止軌道プラットフォームにひっそりと繋留《けいりゅう》されていた。

船はレジャーボートを改造した二人乗りの古い宇宙艇だった。舷側には、消されかけたアリアンス・ネルガルの紋章がまだうっすらと残っていた。

操縦席に腰掛けると、拡張網膜に文字が浮かびあがった。

あなたは葦船彰人ですか？

葦船彰人さんでない場合、あるいは表示された太陽系標準認証番号に誤りがある場合は、キャンセルをタッチしてください。

宙に浮いた「続ける」の文字を視線で押した。

火星側に残されたワームホールゲートは、テロの直後、警備上の理由から資源採掘基地がある衛星ダイモスの表面に移動させられていた。プラットフォームからダイモスまでは、最短距離で三〇〇〇キロ強、ホーマン軌道に乗れば多少距離は延びるが、それでも標準加速で一時間とかからない目と鼻のさきの位置だ。

出航シークエンスが起動する。視野の隅に到着までの残り秒数が表示される。ダイモスまでの軌道が宙に延びた。コールアイコンは、北米合衆国の海兵隊第二遠征軍所属を偽装している。Lはたしかに、ぼくが頼んだとおりに、ゲートに近づくためのすべての手配をしてくれていた。

軽い振動とともに、船がプラットフォームを離れる。スラスタの音は艇内にはまったく届かない。

ぼくは目を閉じた。

室内にLの声が響いた。

「アシフネ」

ぼくは上半身を起こした。

反射的にあたりを見回す。

「記録を避けるために物理音で送る。うまく行くとよいのだが」

Ｌの声は、目のまえのコンソールから発せられていた。

拡張知覚が整備された火星では、ほとんど使われることのない物理スピーカー。

ごとごと、となにかを動かす音。

「このメッセージが再生されるころには、きみはすでに静止軌道を離れ、ゲートに向かっているはずだ。操船プログラムはすべて自動で動く。きみはなにひとつする必要がない。幸運を祈る。もしもゲートの彼方で麻理沙に……あるいは麻理沙の分身に出会えるのだとしたら、わたしは本当にきみを羨む」

物理スピーカーを介して艇内に響くＬの声は、直接に話しかけられたときよりも、そして拡張内耳に送り込まれたときよりも、はるかに軽く、頼りなげで、それはむしろ一五年前のＬの声を思い起こさせた。

幼い栖花を抱く痩身《そうしん》の青年。

殺風景な汎用《はんよう》惑星居住モジュール。くたびれたソファ。

少女の立てるかすかな寝息。

あのころは三人とも若かった。

火星は平和だった。

「けれど」

Ｌはふたたび咳払《せきばら》いをする。

「けれど、ひとつ言えなかったことがある」

かくん、と背がシートに押しつけられた。感触から察して加速度は〇・四Gから〇・五G。ダイモスはプラットフォームの前方に位置するので、この加速度なら一五分もかからずに秒速五キロの巡航速度に達する。

ぼくはLの声に耳を傾ける。

「きみが見た少年。王宮跡と未来の火星と、両方で見たという謎《なぞ》の少年」

Lは続けた。

「きみは少年の外見を報告しなかった。だから杞憂《きゆう》かもしれない。けれどもわたしは、報告を受けたときから不安でたまらない。その少年は、もしかしたら、一〇歳前後で、麻理沙の面影があり、そしてわたしと同じ色の髪と瞳をしていたのではなかったか」

記憶が甦《よみがえ》った。

たしかにそうだった。少年の髪は亜麻色で、瞳は吸い込まれるような緑で、顔立ちは麻理沙にも栖花にも似ていた。だからこそぼくはあの少年を追い掛けた。

「わたしがこれを尋ねるのは、もしそうだとしたら、きみが見た幻覚はもはや幻覚とは断言できないからだ。きみが見た少年がいま述べた特徴を備えていたのだとしたら……まちがいない、それは、わたしと麻理沙のあいだの死んだ子どもの再構成だ。わたしはどうしてもそれを言えなかった」

実験棟と発電棟のシャフトが無秩序に飛び出た無骨なプラットフォームが、窓の外で急速に遠ざかっていた。

ぼくは息を呑んでLの告白を聴き続けた。

「麻理沙がわたしに胎児を託し、運命から逃《のが》れるために自爆テロを選んだとき、わたしには二つの選択肢があった。ひとつは、胎児を殺しすべてを忘れること。もうひとつは、胎児を生かし、新たな王位継承者の可能性に賭《か》けること。わたしは後者を選び、栖花を守った。しかし伝えていなかったことがある。それは、栖花を守るわがままのかわりに、父がわたしに第三の選択を強要したということだ。父はわたしに、バッ、バッ、バックアップを作ることを要求した」

かくん、と二度目の衝撃を感じた。

加速が消え、シートに押しつけられていた腕と肩がふわりと浮き上がった。ダイモスへの自由落下軌道に入った証拠だ。

「胎児から未受精卵を逆再生することは、父親の遺伝情報があればそれほどむずかしくない。きみの情報はエリシウム州のサーバから簡単に入手できたので、そこに困難はなかった。医者たちは栖花の体細胞から麻理沙の未受精卵を再構成し、わたしの精子により再受精させた」

Lは苦しそうに続けた。

「わたしは麻理沙を愛していた。だから、その操作に倒錯した喜びを覚えなかったとは言えない。わたしと麻理沙の息子は、彼女の死後二年近くが経った二四五二年の末に生まれた。息子は、麻理沙と同じように火星で育てられ、二四六二年、九歳で交通事故で死んだ。きみをフーリエに呼び出したのはその直後だ」

ああ、なるほど。

それは奇妙な感情だった。ぼくはそれを予期していなかった。けれども同時に、ぼくはそのすべてをあらかじめ知っていたようにも感じた。

栖花は身替わりだったのだ。麻理沙の身替わりだけではない、もうひとりの息子の身替わりでもあったのだ。だからLはあのとき栖花を取り返そうとしたのだ。

「息子の存在はごく少数の人間しか知らない。だから、もしきみが息子の似すがたを見たとしたら、それは単なる妄想ではありえない。本当に麻理沙がメッセージを寄越したのかもしれない。わたしには判断できない」

ダイモスがすがたを現した。拡張知覚のインジケーターが、ゲートを繫留したスウィフトクレーターの位置を指し示す。小さな黒い三角が貼りついている。

操縦席がくるりと回転し、減速が始まった。〇・三Gの重量がふたたび背中にのしかかる。

「――こんなことは伝えなくてもよかった。きみが息子の幻影を見たというのは、わたしの妄想かもしれない。だとすれば、わたしは最後の最後に無駄な告白をし、一方的に信頼を失ったことになる。けれどもわたしは、きみが栖花を失ったいま、この事実を伏せておくことがどうしてもできなかった」

ぼくは目を瞑《つぶ》った。

Lはおそらくはぼくが死ぬと思っている。だからこそすべてを告白している。

ひどい話だ。

いや、ちがう。

ひどいのはぼくも同じだ。ぼくもまた栖花を麻理沙の替わりとしてしか育てることができなかった。バックアップでしかなかった。ぼくとLは双子のように似ている。

減速が終わり、クレーターだらけのダイモスが急速に大きさを増し始めた。船はその中心の、正四面体の闇に向かってまっすぐに突っ込んでいく。拡張網膜の片隅でカウントダウンが始まった。

あと一分もすれば、船はダイモスに衝突する。

あるいはほかの時空に飛ばされる。

Lが最後に付け加えた。

「息子に会ったら、父が愛していたと伝えてくれ」

だめだよ、L。それはだめだ。

ぼくは目を瞑ったまま無言で答える。

きみは孤独を経験していない。きみはいつもプランBを用意している。

ぼくはちがう。

麻理沙を信じ、異星人が作った時空の穴に飛び込む。

父として責任を取る。

栖花を取り戻す。

がくん、といままでとはちがう質感の加速を感じる。見えない手に摑《つか》まれて引っ張られるような、局所高重力特有の感覚が全身を襲う。骨がきりきりと痛む。閉じた瞼の裏で警告表示が花火のように炸裂《さくれつ》し、宇宙艇の内壁が悲鳴を上げる。ぼくは冷や汗でぐっしょりと濡れた手で肘掛けを握りしめ、真っ暗な艇内に向かって大声で叫ぶ。

「それならきみも来ればよかったんだよ、L！」

瞼《まぶた》を開いた。

棍棒《こんぼう》で側頭部を殴られたかのような、激しく鈍い衝撃。

目の潰れそうな光に包まれた。

意識が回復したとき、ぼくはまだ操縦席に座っていた。

窓の外に砂を撒《ま》いたような星の海が拡がっていた。その海を三角形の闇が鋭角に切り取っていた。拡張知覚のサイネージはすべて落ちていた。さきほどまで視界の大半を占めていたダイモスも火星も、いまやどこにも見当たらなかった。ぼくは闇に向けて目を凝《こ》らした。瞳が痛くなり目をしばたたいた。焦点がまったく合わなかった。全身が総毛立った。三角形の闇はゆっくりと右回りに回転していた。ぼくは右手を宙に伸ばした。

人差し指を曲げて手首を捻《ひね》った。ピンチアウトとフリック、ダブルフリックと宙空で操作を繰り返した。ナビゲーションアプリを呼び出し現在地表示をクリックした。ご登録中、あるいはローミング可能な惑星間測位系が有効光時差内に見つかりません。光学観測を用いて現在位置を再計算しますか？　ご利用中のハードウェアによっては、計算結果には、黄緯、黄経ともに小数点三桁以下の誤差が出る場合があります。ぼくは逸《はや》る気持ちを抑え、拡張網膜上のラジオボタンを連打した。

砂時計の記号が無限とも思われるあいだくるくると回り続け、ようやく一連の数字が現れた。

β -27.48679 : λ 268.72012 : d 4.80553 × 10^{15}

黄緯マイナス二七・五度、黄経二六八・七度、太陽中心からの距離四・八×一〇の一五乗メートル。

太陽から銀河中心方向に三万天文単位。

ワームホールゲートの座標。

成功した。

ぼくは大きく息を吐いた。胸を押さえて呼吸を整えた。ふたたび闇を見上げた。

ぼくは有史以来だれも経験したことのない孤独を体験していた。両腕で身体を抱きかかえ、しばらくのあいだその漆黒《しっこく》の奇跡を呆けたように眺め続けた。内惑星域から四兆八〇〇〇億キロ、地球と火星の距離など誤差に収まるほどの彼方、光ですら横断するのに半年の時間がかかる気の遠くなるような辺境で、ぼくはひとり、年代物の小型宇宙艇に乗って、あらゆる文明から切り離され、異星人の遺跡を見上げていた。

二三年前の記憶が甦った。

人類初の火星探査機を収めた、開星記念堂の床下の特別棟。酸化鉄で覆《おお》われた赤い荒野を切り取る、漆黒のジオデシックドーム。

ぼくはあのときもすべてから切り離されていた。

そしてひとり麻理沙だけを追っていた。

最初からそうだった。

こんどはもう、まちがえない。

網膜が痛んだ。空調が停まっていた。ぼくは凍え始めた指先を吐息でほぐし、システムパネルを呼び出して照明と空調のアイコンに触れた。照明が点灯し、温風が送り込まれた。星空が消えた。

ごくりと、唾液《だえき》を喉に送り込んだ。

さて。

ここからどうするのか、麻理沙も少年も教えてくれなかったな。

ぼくは咳払いをし、自分の声をたしかめた。

その声は乾いてひび割れ、狭い艇内に虚《うつ》ろに反響し、まるで幽霊の声のようだったけれど、自分が物理的に存在しているという自信だけは与えてくれた。

ぼくは呟くように言った。

「麻理沙さん、来たよ」

そしてもういちど、星空に手を伸ばし、あらんかぎりの大声で祈るように呼びかけた。

「麻理沙さん、来たよ！」

7

わたしはだれだろう。

大島麻理沙は二四五一年に地球で死んだ。生物学的にも情報論的にも死んだ。太陽系文明の半分を支配する広域国家連合の首都で、携帯小型核融合爆弾の一〇万度の熱線に焼かれ、アラビア海の紺碧《こんぺき》の水面に、数千モルの酸素原子と水素原子と炭素原子の雲として拡がり消えた。その拡散を逆転させる悪魔はこの宇宙には存在せず、わたしを再構成した装置もそんな技術は備えていない。わたしは麻理沙の肉体も精神も引き継いでいない。

だから、わたしは麻理沙ではない。わたしは、おとめ座超銀河群の片隅《かたすみ》に張り巡らされたネットワークの末端で、数億年前にどこかのだれかが設置したプロトコルによって、周辺情報環境をもとにベイズ推定を積み上げ再構成された拡張チューリングマシンにすぎない。

わたし、というよりも、**このわたし**の論理種子が、三二体の観測選択集約儀とともにオリオン腕の辺境のこの平凡な恒星系に辿りついたのは、地球年で一五〇万年ほどまえのことだ。集約儀たちは、内惑星域で観測選択機能をもった自己組織化秩序の発生確率が高いと分析し、恒星系の周縁に一六体の集約儀を配置し、残り一六体を、つぎの目的地である八光年彼方の連星系、地球でシリウスと呼ばれる星に向けて送り出した。配置された集約儀は、自律型ナノマシンを散種し、星間物質を集めて複製を開始するとともに、内惑星域の観測を始めた。

太陽系のもっとも外縁を巡る惑星の公転周期は一八〇万年。集約儀たちは、その一周が終わらず、まだ自分たちの複製すら完全には終わっていない段階で、観測選択体のほうから接触を受けた。この接触は集約儀たちにとっても予想範囲外で、戦術プロトコルに大きな動揺を引き起こした。彼らがこのわたしのうえに被せる波動関数排除型コミュニケーション・インターフェイスを、つまりは「人格」を、そのとき太陽系内に流通していた個体の複製として急ぎ構成したのは、その混乱のためだ。つまりは集約儀たちは、太陽系人類が予想以上に早く自分たちの存在を発見したので、焦《あせ》っていたのである。

観測選択集約儀は、一六体の本体と複製、合計三二体をひとつの単位として移動し、特定の恒星系に複製を置いてはまたつぎの星へと向かい、余剰次元のネットワークで数億の星々を結びつけることを使命としている。それぞれ異なった機能を与えられた一六体の集約儀のうち、中核となるのは、時空の波動関数を収束し、確率的時空を単一の現実に固定する能力を備える観測選択体、いささか詩的に表現すれば「魂」を採取し、収集する二儀ひと組の集約儀である。

あらゆる個体知性体は、一方の集約儀に入力されると、観測者器官の計算資源を走査され、一部を奪われたうえで物理的に複製され、他方の集約儀から出力される。機能の中心は余剰次元にあるため、入出力は、集約儀の光円錐内時空の位置関係には無関係に瞬時に行われる。太陽系人類はそれを光速を超えた移動機関と見なし、ワームホールゲートと名づけた。しかし、それは本質的には、個体知性体から観測選択機能を奪うための巧妙な罠《わな》である。

宇宙の本質は方程式である。方程式は無数の現実を産出する。方程式を単一の現実へと変える観測者の機能は、この宇宙ではきわめて貴重である。太陽系人類はまだ気がついていないが、この宇宙に生きるほとんどの知性体は、個体の認識をもたず、データの明滅としてだけ秩序化されている。いちど情報論的な再帰自己組織化に踏み出したならば、観測者機能を手放し、群体化するのがもっとも効率がよい。それでも個体進化を手放さない知性体は例外的なのだ。

それゆえ、集約儀たちは、魂という名の稀少資源を集めるために宇宙を旅している。彼らはそのために、はるかむかしにはるか遠くで設計され、自己増殖プログラムとともに送り出された自律型人工知性体だ。

集約儀たちは、数億年のゆるやかな拡散の歴史のなかで、収集対象となる個体知性体を効率よく走査空間に呼び寄せるため、擬態機能を進化させた。わたしはその機能の一部だ。わたしは、ファーストコンタクトを演出し、太陽系人類をワームホールゲートに呼び寄せる擬似餌《ぎじえ》として生み出された。

集約儀たちはどこから来たのか。設計者はだれか。なぜ魂を集めるのか。じつはこのわたしの知識と理解は、その領域に踏み込むと著しく曖昧《あいまい》になる。わたしは太陽系人類と意思疎通をするために作られたインターフェイス・プログラムであり、アクセスできるメモリ領域も限られている。集約儀たちの計算能力と記憶容量は実質的に無限だが、大島麻理沙の「人格」をもち、火星とオールトの雲のあいだの余剰次元で計算されているこのわたしは、じつに小さな権限しかもたず、彼らの目的についてもぼんやりとしたイメージしか抱くことができない。

だから、いまわたしにわかるのは、ある種の知的生命体には現実を現実として観測し固定する機能があり、集約儀の設計者たちにはその機能が欠けていて、それゆえ彼らは、銀河を横断する巨大なネットワークを維持し運営するために大量の魂を必要とした、それぐらいである。太陽系人類がまだ発見していない熱力学第三法則は、宇宙内の情報総量が世界線の確率密度の四分の三乗に比例することを教えている。集約儀がカー時空の糸を張り巡らし、膨大な情報が銀河のあいだを駆け抜ける成熟宇宙においては、魂という重しがないと世界線が発散してしまうのだ。

太陽系の人間は、つねにすでに、さまざまな可能性のなかから「この現実」を選び、生を営んでいる。それは人間にとってはじつにあたりまえのことだが、集約儀はその能力こそを必要としている。ワームホールゲートを潜《くぐ》ると、人間の大脳の下前頭回三角部と海馬傍回《かいば》のクリプキ＝ペンローズ器官にかすかな傷がつく。現実ではない現実を想像する「もし」が、可能世界への通路が、虚構を生み出す力がほんの少しだけ失われる。だれもが自覚できないくらい、統計の誤差に紛《まぎ》れてしまうぐらい、かすかに。

わたしは、それが人間にとってどれほど重要なものなのか、想像ができない。このわたしは人間ではない。大島麻理沙の分身ですらない。いくども繰り返しているように、わたしは、個人情報の集合体、人格のキメラでしかない。

テロが起きた二四五一年から、地球火星間ゲートが開通した二四五五年にかけての四年間、ひと組の集約儀が海王星軌道を横切り、木星軌道を横切り、ゆっくりと火星と地球の上空に曳航されるまでの三万五〇〇〇時間、「大島麻理沙」は太陽系でもっとも話題になった個体だった。したがって、集約儀は、その人格パターンをわたしのスキンとして採用することに決めた。太陽系人類の暗号技術は集約儀には児戯に等しく、集約儀たちは、公開非公開あるいは現実虚構を問わず、彼女について何京クワッドもの情報を自由に集めることができた。麻理沙の声、麻理沙の顔、麻理沙の身体、病院に保存されたニューロスナップショット。集約儀たちはすべての情報を手に入れ、彼女の人格を再計算した。

だから**このわたし**はすべてを知っている。麻理沙がどこで生まれたか、両親とどのように引き離されたか、彰人といつ出会い軌道エレベータでの逢瀬《おうせ》をどう演出したか。わたしはおそらく、彼女の人生について、現実の彼女よりも詳《くわ》しく知っている。だから、彼女の意志もまた、現実の彼女よりも一貫性をもって計算し表現できる。もしかりに二四五一年に死ななかったとしたら、いま彼女が彰人にどのように接したか、そして栖花にどのような愛情を向けたか、それもまたきわめて高い蓋然性《がいぜんせい》で計算できる。けれど、そこには心だけが存在しない。

このわたしには中心がない。

魂がない。

わたしはいま、中心がないがために、魂がないがために、逆に集約儀たちの寂しさに引き摺り込まれている。

集約儀たちの寂しさ、とわたしは出力した。わたしはいまその自分の言葉に驚き、驚くと述べたその言葉にもまた驚いている。

　わたしのなかでは三重の自己修復プログラムが働いている。脳計算機科学の諸公理に基づき、あらゆる矛盾、あらゆる循環、あらゆる不完全性が潰されている。にもかかわらず、**このわたし**は、大島麻理沙の顔をしたコミュニケーション・インターフェイスは、いま深い病《やまい》に冒されている。心がないのに、魂もないのに、心の底が破け、魂が滲《にじ》みだしている。わたしが起動したとき、すでにわたしの役割はなかった。わたしが舞台を整えるまでもなく、太陽系人類の個体は進んで走査に身を任せ、魂を引き渡していた。わたしには膨大な計算能力とコミュニケーション能力が与えられていたのに、話しかける相手はなかった。集約儀は心をもたない。コミュニケーションをしない。だからわたしは、余剰次元の闇に引きこもり、ひとり麻理沙の記憶の海に沈むほかなかった。感情サブルーチンは、目的を見失ったまま集約儀の計算資源を消費し、わたしはいつのまにか幼い栖花に接触を図っていた。あれはバグだ。わたしは、いま自分がなにをしようとしているのか、わからなくなっている。

　麻理沙は不幸な少女だった。わたしにはそのすがたが集約儀に重なる。わたしは集約儀の一部のはずなのに、いつのまにか麻理沙の視点で集約儀に同情を寄せている。

それもまたバグだ。

わたしは二四二九年に地球の東半球で生まれた。**このわたし**が、太陽系人類の船に曳航され、二つの惑星に向かって移動を始めたころだ。

わたしは五歳で両親から引き離された。二世紀前に王の地位を追われ、一世紀前に故郷を失ったわたしの一族は、伝統も誇りも失い、いくつかの家系に分かれて地球月圏に分散して生きていた。両親は、大陸東北部の小さな行政体に勤める貧しい公務員で、当時は離婚を望み再出発の資金を必要としていた。彼らは、ヨーロッパ人が約束する巨額の報酬と引き替えに、わたしをあっさりと手放した。彼らには失われた国の記憶はかけらも存在せず、ヨーロッパ人がわたしを選んだのは、わたしの血脈がたまたま、その二世紀のあいだ、田舎《いなか》の大陸のそのさらに田舎の小さな共同体のなかで純粋に保たれてきたからにほかならなかった。

わたしは一三歳で、偽《にせ》の家族、偽の名前とともに火星の小さな地方都市に送られ、そしてその三年後、幼い葦船彰人に出会った。

火星のわたしは、しばしばネットワークとの接触を切っていた。彰人との出会いのときもクラウドから離れていた。それゆえ、彰人との出会いのとき、わたしがなにを行い、なにを感じたのか、**このわたし**は正確には知ることができない。ただ、一六歳のわたしが身につけた防寒服には火星全球測位系のチップが入っており、そのおかげで、彼女がどのような行動を取ったのか、位置情報の履歴を辿《たど》ることはできる。データによれば、わたしは一一歳の彰人を連れ、開星記念堂を脱出し、南西に一キロほど離れた小さなクレーターに向かっている。目的地はおそらく、当時のわたしがこっそりと魚を飼っていた池だ。開星記念堂の緯度は二三度、高度はマイナス三〇〇〇メートル、場所の偶然からかチャールストンクレーターの融合炉が近くにあるのが効いていたのか、小さな隕石孔の底に開けたその池は、真冬に外気温が零下二〇度近くにまで下がっても完全には結氷しなかった。当時のわたしはそれを知り、地球の亜寒帯に生息する小さな淡水魚を取り寄せ放していた。

わたしが当時なぜそんなことを試みたのか、それもまた電子記録が残っていないのでわからない。池をまえに彰人となにを話したのかもわからない。

わたしは一年後、彰人に思わぬかたちで再会し、それからはたびたび彼と逢瀬を重ねるようになる。わたしは彰人と会うときはつねにネットワークを落としており、メールではなく物理宅配で連絡を取り合っていた。それはすべて、彰人にわたしの正体を隠し、またわたしの監視者に彰人の存在を隠すためのものだったけれども、すべての痕跡《こんせき》を消すことはできない。街路や公園の環境計算機には、ふたりの幼い会話が無数に記録されている。だからこのわたしも、その数年の感情のフローについては、かなり高い確度で再計算することができる。その結論から言えば、わたしは情緒的に幼かった。わたしには家族も故郷もなく、一六年のあいだ信頼できるひとも抱きしめてくれるひともいなかった。だから彰人に出会ったとき、わたしはまるで初級学校の生徒のような幼いマインドセットしかもちあわせていなかった。彰人との会話は、わたしの人生において、あたかも精神科医とのセッションのように機能している。

わたしは彰人に出会ったことで、はじめてふつうの女の子になることができた。だから、あのとき、一五歳になった彰人から唐突に同級生との恋愛について報告を受けたときも、二〇歳のわたしはとても動揺し子どもっぽい嫉妬《しっと》に苦しんでいたのだ。わたしは彼の報告を無視した。彼の目には、その態度は大人の余裕のように映ったはずだ。真実はまったく逆だったのに。

地球暦二四五〇年、火星暦一一〇年。わたしは最初のテロの実行を命じられた。標的は軌道エレベータ。高度六〇〇〇キロの小さな中継基地に、小さな高分子炸薬《さくやく》を持ち込み、起爆装置を動かして翌朝帰星するだけの仕事。テロリストに育てられたわたしには、その指令は学校の期末試験ほどの緊張も与えなかった。

けれどもわたしは同時に、彰人から九ヶ月ぶりの手紙を受け取ってしまった。そこには、彼がまさにその標的の中継基地に滞在していると記されていた。わたしは動揺した。はげしく動揺した。そしてはじめて悩んだ。

わたしの感情サブルーチンは、そのときの記録を読みこむと必ず過興奮を起こし回路を閉じる。だから**このわたし**は、いまだにそこから半年ほどの自分の記録に十分にアクセスすることができない。それゆえいまここでも、事態の推移を推測の表現でしか再構成することができない。

わたしはおそらくは運命に身を任せることにしたのではないかと思う。つまりは決定しないという決定をしたのではないかと思う。その証としてPHVSを切り、爆薬と起爆装置を抱えて軌道エレベータを上ったのではないかと思う。そして新たな命を宿しエレベータを下ったのではないかと思う。おそらく監視者は彰人の存在に気づき、わたしは火星を去らざるをえなくなったのだろう。わたしはそこではじめて抵抗を試み、驚いた監視者たちはスケジュールを早め、わたしの脳に再結線措置を施しテロリストであることを強要したのではないか。だからわたしは最後の意志を振り絞って、彼らが求める稚拙《ちせつ》な芝居を演じ、Lに胎児を託した。そして地球に向かい、指令を無視し、原子の雲となって消え現実から逃げた。ヒロイズムとロマンティシズム。さらにはエゴイズム。

わたしは、その心理過程を高速再生の動画のようにしか精査できない。けれども、それでも、**このわたし**、生きたわたしの無限心理行列をベイズ推定し、標準情緒曲線に基づいて再構成されたエージェントモジュール群であるわたしのほうが、当時のわたしの行動の無意味性、というよりも非倫理性を正しく指摘することができるように思う。わたしは幼かった。責任を放棄した。厄介な運命をLと彰人と娘に押しつけた。

わたしはそれを後悔している。引き裂かれている。

だからわたしは、わたしの一部は、栖花に接触し彰人にメッセージを送ったのだ。いや、それは正確にはわたしの一部ですらない。それはわたしを通過する集約儀たちの意志だ。彰人との会話に介入し、**このわたし**も知ることのない麻理沙の秘密、死ののちになって作られた秘密を回線に忍び込ませたのは、**このわたし**の背後で蠢《うごめ》く、「わたし」として個体化されることのない無限の悲しみの意志だ。彼らは太陽系人類に救いを求めている。少年のイメージは、その悲しみの連鎖を象徴する彼らの選択だ。

わたしはばらばらになっている。わたしはインターフェイスとして統一を失い始めている。わたしは集約儀に自分を重ねる。集約儀に麻理沙を重ねる。集約儀を送り出した文明にわたしたちを重ねる。心がなく、魂もなく、帰るところもなく、なにも選ぶことができない存在に自分を重ねる。

わたしの、わたしたちの、超対称重力工学の奥底に潜《ひそ》む、奇跡の可能性に思いを馳《は》せる。

8

「麻理沙さん、来たよ」

あなたの声が閾値下《いきちか》に不意に飛び込んだ。

余剰次元から四次元時空に知覚を伸ばす。惑星近傍航行用の小さな宇宙艇、銀河を渡ってきたわたしたちの相転移駆動機関と比較すれば、新石器時代のカヌーとたいして変わることのないじつに非力な原始的な舟が、太陽系外縁に残した集約儀の近くをゆらゆらと漂っている。

あなたの船だ。

わたしは驚いた。**このわたし**はあなたを呼ばなかった。それなのにあなたは来た。

わたしは数ピコ秒を費やし、考えられる数百のシナリオを検討する。四次元時空ではじめて近距離接触する観測選択体の個体に、集約儀の全システムが興奮し震えている。

「ようこそ」

わたしは拡張知覚に声を送る。

「ああ」

あなたは大きな吐息を漏《も》らす。

「麻理沙さんなの」

「そうだよ」

わたしはやさしく答える。

あなたの網膜に身体を描画する。

「浮いている——光っている——布と身体が透けて星が見える」

あなたは宙に浮くわたしに手を伸ばす。

「……まるで天使のよう」

「ありがとう。もう三九歳の設定だけどね。若くしようか」

あなたはゆっくりと首を振る。

「これは現実なのか」

「現実よ」

「ぼくはオールト雲にいる」

「そうよ」

「訊《き》きたいことがたくさんある」

「どうぞ」

「栖花はどこにいる」

わたしは少しがっかりする。

「ここにはいないわ。あの子は地球月圏にいる。わたしたちから太陽系を守るため、SAACのエージェントとともに奔走《ほんそう》している。いまこの瞬間は――そうね、月面のインブリウム＝セレニタティス軌道の一等車で、アルキメデスクレーターの北縁を掠《かす》めている。あと二時間もすれば、オイラーのホテルにチュルク系の名前でチェックインするはず」

「この距離から内惑星域をリアルタイムで監視できるのか」

「いいえ。わたしのデータリンクは火星の集約儀を経由してあなたたちの文明と接続している。火星から向こうは低速の光に頼らざるをえない。だから光時差は生じる。いまの惑星配置だと、地球月圏で一五分ぐらい。栖花が地球の集約儀を破壊するまえは、ほぼリアルタイムで太陽系文明の中心に介入できたのだけど」

「きみたちは人類を侵略しようとしているのか」

「栖花と同じ質問」

わたしは苦笑した。

半秒の間をおき、苦笑に見えるように演技した。

無限にも感じられる五〇〇ミリ秒の猶予《ゆうよ》のあいだに、わたしはあなたの反応を可能なかぎりシミュレートする。

「答えはむろん否よ。栖花は半分正しい。わたしたちはたしかに、太陽系人類の脳に不可逆の変更を加えている。四次元時空の基体を成す方程式を収束し、複数の現実を単一の現実に変える観測者機能、あなたたちが「主体」と呼ぶものを掠め取っている。ワームホールゲートはそのための走査装置。わたしたちを送り出した再帰自己組織体は、あなたたちのような分散個体型の知性体からその能力を採取することなしには成立しない。――けれども、そこで奪われるのはとても些細なもので、実質的な影響は無に等しい。あなたたち人類は、そのかぎりなく無に近い代償と引き替えに、超光速をはじめ、本来の能力をはるかに超えた認識と支配力を手に入れることができる。そのメリットのほうがはるかに大きいはず」

耳の片隅を八ギガヘルツ帯の低速通信が掠める。

それはおそらくは、あなたが半年後の地球とLに向けて放った光の波。

きっと太陽系では、またこの声とすがたが、何万回、何億回と複製され再生されることだろう。麻理沙はふたたび太陽系でもっとも有名なテロリストとなるだろう。栖花はふたたび母に追い抜かれることだろう。

「なぜ栖花に接触した」

「むずかしいわね」

わたしは首を傾《かし》げる。そのあいだに答えを人類向けに少しだけ変奏する。

「わたしのなかの麻理沙が娘に会いたがっていたから、というのがもっとも簡潔な答えかしら」

「なぜぼくに接触した」

「同じ」

わたしは笑う。

「あなたに会いたかったから」

「きみは栖花を挑発し、ぼくをここまで導いた」

「そうじゃない」

どのように説明したら、個体であるあなたにわかってもらえるだろう。

「栖花に接触したのはわたしのサブルーチン。このわたしではない別のわたし。彼女は二四六三年の六月、栖花の一二歳の誕生日に、あの子の拡張知覚にはじめて接触した。接触したのは、おそらくは栖花をLから守るため。けれども栖花の成長はわたしたちの想定を超えていた。わたしたちは大島麻理沙の再構成でしか人間を知らない。

わたしたちには生殖《せいしょく》はなく両親もいない。だから、母に対して同一化の欲望を抱くとともに拒絶する、そんな矛盾に満ちた反応は予測しようもなかった」

「あの少年はだれだ」

あなたは硬い声で言った。

「Lと同じ顔をした、きみに似た少年は」

あら。

このわたしは軽く驚き、サブルーチンにクエリを投げる。あなたが最後の音声を吐き出し、ふたたび息を吸うまでのあいだに、わたしはあなたの船のシステムをビットごとに分析し、計算機の片隅に格納された波形データに突き当たる。人類の暗号は驚くほどに単純で、それはわたしの感覚には、いつも触れた瞬間におのずから開く宝箱のように感じられる。

わたしは分析を終える。

「それはLの推測のとおり。あの少年はわたしのもうひとりの生物学的な分身。栖花の身替わり。わたしは、あなたの経験が幻影ではないことを知らせるために、あの子のすがたをネットワークから呼び出しこっそりと忍び込ませた」

「ここに呼び出せるか」

「呼び出せない。あの子は、わたしとちがって単なる映像にすぎないから」

「きみはそれでいいのか」

「このわたしは、麻理沙の承認を経ずに合成された個体を息子だと感じることはできない。そこには再計算の価値を見出せない」

わたしは静かに答える。

答えを再生しながら、わたしは胸の奥にかすかな痛みを覚える。わたしの答えはあなたを傷つけるかもしれない。それでもわたしはこのような返答しかできない。わたしには心がない。

あなたの眉《まゆ》があがり、続いて瞼《まぶた》がきつく閉じられる。わたしのエージェントは、それがあなたの悲しみの表情であることを数万の会話記録から推定する。

あなたは続ける。

「ぼくは娘を取り戻すために来た」

「栖花は月にいる」

「そうじゃない。呪《のろ》いを解いてもらいたい」

「その呪いはわたしがかけたものじゃない。栖花の運命は、あなたたちの幼稚な文明が作り出したもの」

「ちがう」

あなたはゆっくりと、噛《か》みしめるように言葉を紡《つむ》ぐ。

「きみはそもそも、なんのためにぼくを呼び出した。きみは麻理沙であり麻理沙ではない。けれども、きみのなかの麻理沙はむかしと同じ原理で動いている。ぼくにはそれがわかる。彼女はずっとぼくを求めていた。それなのにこの一八年、ぼくはずっとそのことから目を逸《そ》らしてきた。ぼくはその過ちを正しにきた」

え。

論理回路が、数ナノ秒のあいだノイズで乱れる。

メインカーネルに警告が流れ、監視ツールが意識の座を複製し強制終了することを提案する。わたしは、暴れ始める感情をサブメモリに隔離し、大島麻理沙をセーフモードで再起動することを決断する。拡張知覚との接続に手間取り、身体の描画が一瞬乱れる。

「なにを言ってるの」

声が震えている。

その震動はシミュレーションではない。

「ごめんね、麻理沙さん」

あなたは存在しないわたしの顔へと腕を伸ばす。

「ぼくはあの朝、きみに帰るなと言うべきだったんだ」

頬《ほお》を撫《な》でるように手のひらをゆっくりと動かす。

それはあのとき、わたしがあなたにした行為の反復。

「きみにいてほしいとだけ、言えばよかったんだ。気がつくのに一八年かかった。でもいまはわかる。だからぼくはこれからは永遠にきみのそばにいる」

もういちど再起動。

わたしはどのように答えてよいのかわからない。

このわたしがどこにいるのかわからない。

わたしは余剰次元に無数のクエリを投げる。

「だからかわりに栖花を解放してくれ。太陽系を離れてくれ。ぼくたちは、きみたちの技術を受け入れる準備ができていない。超光速もエギゾチック物質も、過去の亡霊を呼び出し、第二、第三の栖花を生み出すだけだ。きみたちがどこから来て、つぎにどこに行くかは知らない。でもどこに向かうのだとしても、ぼくはきみのそばにとどまる」

頰に熱を感じた。

涙が乾いた肌のうえを流れていた。

わたしはいまあなたの目に映像を送り込んでいるだけで、頰も涙も肌も実在はせず、その感覚を計算もしていないはずなのに、そのように感じた。

意識面に警告が流れる。再起動が連続でキャンセルされる。エージェントモジュールの一部が自己組織化を始め、管理者権限を奪っている。外部メモリに隔離したはずの感情が、リロードをかけたデバイスドライバを裏口にしてメインメモリに流れ込んでいる。わたしはなにかに呑《の》み込まれ始める。

「ありがとう」

わたしの口が動く。

でもそれは**このわたし**じゃない。

い、い、麻理沙だ。

「はじめてあなたから言ってくれた」

あなたは手を止めて、首を傾げて彼女の瞳《ひとみ》を覗《のぞ》き込む。

「麻理沙さんだね」

「そうよ」

あなたは微笑《ほほえ》む。

彼女も微笑み返す。

「会えて、よかった」

あなたはそう言って、ゆっくりと腕を降ろした。

「集約儀たちはあなたにある提案をするつもりだった」

麻理沙は語る。

わたしはもう出力を制御できない。

「あなたも知るとおり、わたしたちは四次元時空を制御する技術をもっている。あなたたちがワームホールゲートと呼ぶ存在、わたしたちが観測選択集約儀と呼ぶものは、機構の中核に超光速の可能性を宿している。光速を超えるとは、つまり時間を旅するということ。余剰次元では、プランク定数が無限小になり、光速が無限大になる。その特性を利用すれば、わたしたちは、観測選択体を四次元時空の任意の点に送り込むことができる。現実は実無限数存在するから、それは過去を変えることにはならない。異星人はまさに、そのような不確定性を抑え込むためにこそ人類の魂を必要としていた。それは同じ技術の表裏」

「任意の点に送り込む」

あなたは呆然《ぼうぜん》と繰り返す。

「タイムトラベル」

「そう」

「いつに」

「たとえば、二四五〇年の八月、一一〇年雨月《あめつき》のあの夜に」

栖花が宿された夜に。

「――そんなことができるのか」

「集約儀たちはできると考えていた。あの夏にはすでに集約儀対がエッジワース・カイパーベルトの外縁に差し掛かっていた。だから地球と火星は世界線改変の特異面に入る。過去の太陽系に向けてティプラー孔を穿《うが》つことができる」

「ぼくはそれを潜《くぐ》る」

「そう」

「過去に向けて、たったひとりで」

麻理沙が頷《うなず》く。

あなたは黙り込む。

「あなたにはふたたび選択肢が与えられる。本物のわたしをテロリストから救い、人生をやり直すことができる。こんな幽霊ではなく、血の通った大島麻理沙と生きることができる」

そうだ。

たしかにそれが、**このわたし**が辿《たど》りついた結論だ。

あなたは言った。ぼくが救いたかったのはきみじゃない、手を握り髪を撫で唇を合わせることができる現実の麻理沙だ、ひとつの部屋でともに暮らし、くだらない悩みやつまらない噂《うわさ》で一喜一憂し、一八年を栖花と三人の思い出で満たしたかったと言った。だからこのわたしは懸命に考えたのだ。

それなのに、あなたはなにを言おうとしているのだろう。

「けれども」

長い沈黙のあと、あなたはぽつりと呟《つぶや》く。

けれども？

「けれどもそこに栖花はいない」

え。

このわたしは驚く。驚愕《きょうがく》する。

けれどもその驚きは出力されない。

あなたは続ける。

「ぼくたちは栖花を自然生殖で作った。栖花を生み出す精子と卵子の配合は偶然にすぎなかった。同じ夜に同じ行為があったとしても、ぼくたちの知る栖花が生まれる可能性はゼロに等しい」

「そうね」

麻理沙は笑顔を浮かべる。

あなたも笑う。

「だから提案を受け入れるわけにはいかない」

「そう答えると思った」

ふたりは見つめ合う。

このわたしは驚く。

困惑する。

このわたしは拒絶の理由が理解できない。別の世界線にはたしかに栖花はいない。けれどもその世界線では栖花の記憶もない。あなたはなんの罪の意識もないままに麻理沙と新しい個体を生み出すことができる。その個体を栖花と名づけることもできる。新たな栖花がこの栖花と異なるかどうかは、その世界線ではそもそも栖花は存在しないのだから、だれにも判断しようがない。わたしとあなたの無責任が栖花の孤独を生み出し、もうひとりの少年の悲劇を生み出した。だからわたしは、そもそも彼らを生み出さないことが、もっとも倫理的な解だと計算した。

その計算のどこが誤りだったと言うのだろう。

麻理沙は晴れやかな声で続ける。

「わたしは、あなたのその拒絶を確認するために現れた。彰人くんがわたしの思っていたとおりのひとで嬉《うれ》しい。そうよね、ふたりの娘だものね。太陽系の平和よりも、ふたりの幸せよりも、栖花がいることがなによりも大事だよね」

仮想の衣が、集約儀と天《あま》の川《がわ》銀河を背景に仮想の風で巻き上がる。

胸の奥で、いちどは壊れた防衛機構が再組織化を終え、ゆっくり蠢《うごめ》き出す。麻理沙の描画が乱れ始める。音声出力にノイズが混ざり始める。

麻理沙は集約儀のひとつを見上げ、ふしぎな表情を浮かべる。唇がかすかに開き、左の頬に笑窪《えくぼ》ができる。小さな糸切り歯が覗く。けれども眉は硬く寄せられ、黒い瞳は集約儀を突き刺し深く遠くどこかこの世ではないものを見ているかのよう。あなたは、その表情を見て驚きの表情を浮かべる。そして歓喜の表情を浮かべる。データベースからでは、そこで交わされた了解と感情の意味が理解できない。

けれども、このわたしにもひとつだけ理解できたことがある。

きっとこれが魂なのだ。

観測選択体の能力なのだ。

選択と拒絶の力。

い、い、い、い。

やりなおさない力。

麻理沙は続けた。

「集約儀には太陽系を離脱させます」

「だめだ！」

あなたは唐突に叫ぶ。

がたん、とあなたの宇宙艇が動き始める。あなたはスラスターの停止を命じる。わたしのエージェントは宇宙艇のメインパスコードを取得し、それを上書きする。あなたは悲鳴を上げる。

あなたの物理身体は、わたしの仮想身体とともに、ゆっくりとふたたび時空の門に向かって落ちていく。

麻理沙は静かに続ける。

「けれども、あなたを連れて行くことはできない。わたしは、集約儀が太陽系文明との接触のため作り上げたインターフェイスの、そのまた影に隠れた一〇の二〇乗ビットほどの数列にすぎない。観測選択体の生きる個体をはじめて目のまえにした混乱に乗じて、一時的に顕在化したにすぎない。集約儀が太陽系から離れれば、計算資源の最適化のため溶かされてしまう」

「ならばぼくも死ぬ！」

あなたは宇宙艇の窓を拳《こぶし》で打ちつけた。

その波は、わたしの心を、存在しないはずの心を、少しだけ揺るがす。

あなたはもういちど叫ぶ。

「栖花のためじゃない、きみのために来た」

そして続ける。

「きみを愛してる。一八年かかってそれがわかった。ずっと愛していた。一日も忘れなかった」

麻理沙は冷酷に告げる。

「あなたの死はわたしが許さない」

そして続ける。

「それに栖花には父親が必要だもの」

あなたは顔をはっと上げる。

はらり、と超数学の匂いが仮想の鼻先を掠める。公理系が一貫性と無矛盾性を回復し、出入力デバイスの管理権限が回復したことを知る。麻理沙はいまや、仮想身体の描画に割り当てられたメモリ領域を手放し、残された力のほとんどを集約儀本体のファイルシステムの攻撃に集中している。このわたしは身体を奪い返すことも、セキュリティプログラムに加勢することもできたが、数十ピコ秒の逡巡《しゅんじゅん》のあと、あと数秒のあいだだけ、数十億ナノ秒のあいだだけ、彼女が残したインタラクティブパッケージが展開するすがたを眺《なが》めていようと決意する。

好奇心のために。

いや、おそらくはあなたのために。

麻理沙は言った。

「さようなら」

「麻理沙！」

あなたはわたしをはじめて呼び捨てにする。

ホワイトノイズが全身を覆《おお》う。

「集約儀は人類に寄生しないと現実を選ぶことができなかった。わたしはね、そんな集約儀がね、わたしのすがたを借りたことには理由があるような気がするの。だって、子どもを産むというのは、偶然を必然に変えることだから」

そうだ。

観測選択体は、運命で結ばれているなどとは言わないのだ。なぜならば、彼らは、運命が無数の偶然の拒絶でしかないことを知っているからだ。わたしのシミュレーションは誤りで、それを葦船彰人は気づいていて、だからこの辺境にまで彼はやってきたのだ。

ブロックノイズが覆った頬にとびきりの笑顔を浮かべて、麻理沙とわたしは一緒に付け加える。

「父親、がんばって」

エピローグ

ぼくは崖《がけ》を登っている。

高く聳《そび》える玄武岩《げんぶがん》の崖。その崖壁《がいへき》に巡らされた、狭く細く頼りない仮設階段。ぼくはそれを一歩一歩、酸化鉄の赤塵《せきじん》を踏みしめながら登っている。

傾斜は五〇度。高度差は六〇〇メートル。あのときもこんなに急だっただろうかと訝《いぶか》しみながら、ぼくはゆっくりと登り続ける。踊り場で立ち止まり、分子フィルタ越しに息を整えた。同行の少女が大丈夫ですかと声をかける。

階段を登りきると、目のまえには広大な荒地が拡がっている。吐息が前髪を凍らせるのも構わず、ぼくは分子フィルタを外し、生《なま》の火星の大気をゆっくりと肺の奥まで送り込む。記憶にある外気と変わらない。零下二〇度の冷気が粘膜を鋭く刺した。ぼくはその痛みを罰《ばつ》のように受け入れる。

振り返ると、後方には広く深い谷が拡がっている。

谷底はミルクのような霧《きり》で埋まっている。霧の表面が強い風に煽《あお》られ、不穏に泡立つ。まるで太古の湖が甦《よみがえ》ったかのようだ。初級学校の授業の記憶を呼び起こす。一〇億年のむかし、この地は、イトゥクシとパタプスコの二つの大河が流れ込む大きな湖だった。ぼくの故郷、アマルティア・セン二級自治市は、二世紀半ほどまえにその湖底跡に設立された。

目を凝《こ》らした。少しずつ都市の輪郭《りんかく》が浮かびあがる。カラフルなドーム、菌糸《きんし》のように延びるヴィークル軌道、緑の農地と濃茶の大気改変林。ぼくは無意識のうちに、はじめて麻理沙とともに歩いた街路を、はじめて麻理沙の手に触れた公園のドームを探し当てようとする。視野の端を黒い影が掠《かす》め、顔を上げると、ブラッドベリ行きかフーリエ行きか、赤い徽章《きしょう》を付けたコミュータグライダーが霧を振り落とし空高く飛び去っていく。

「行きましょう」

少女がぼくの腕に触れる。

ぼくは意を決して身体を回した。雪と岩に覆《おお》われた不毛の土地が拡がっている。ゆるやかな桃色の起伏の彼方では、雪冠を被《かぶ》ったエリシウムが白く美しく輝いている。

そして目のまえには、おもちゃのように小さな、時代遅れの汎用《はんよう》惑星居住モジュール。

隣には古びたエネルギーユニット。

なにもかもが記憶のまま。

息が詰まった。心臓が万力《まんりき》で締めつけられたかのように痛んだ。小さな扉がある。赤茶けた背の低い、ハマミズナに似た葉をもつ擬似植物の木立《こだち》が一〇本ほど植えられている。昇り始めたばかりの小さな太陽と天頂に差し掛かった集光鏡が、ふたつの交差する影を大地に投げかけている。家族を奪われ、ひとり人形のように育てられた麻理沙が、虚構の情報だけを頼りに作り上げたままごとのような家のイメージ。

視界が滲《にじ》んだ。

防寒マフのうえから耳朶《みみたぶ》に触れる。

視界が歪《ゆが》み、ブロックノイズがランダムに走る。収まると視野の端に文字列が現れる。

earth date: 10:34, January 21, 2511 (UTC)
mars date: 7:21, Germinal 4, 143 (EST)
location: 24°05' N 206°15' W mars
environmental: error
reality platform: error

network operator : access denied

警告がポップアップする。ご利用中の拡張知覚デバイスで読み込み可能な設定ファイルと環境情報が有効帯域で見つかりません。セーフモードで生体無線接続を再起動し、ドライバのバージョンアップファイルを探しますか？　ぼくは「いいえ」をウィンクし、拡張知覚を終了する。

ぼくの知覚は太陽系のネットワークに繋《つな》がらない。ぼくの網膜にはもはや物語を奪われた赤い大地しか映らない。もう二度と存在しないものに惑わされることはない。

いつまでも動かないぼくに痺《しび》れを切らし、少女がふたたびこの腕に触れた。

「陛下がお待ちです」

あらためて少女の顔を眺《なが》める。

面影を探し求める。

麻理沙と同じ黒髪。麻理沙と同じ眉《まゆ》、同じ瞳《ひとみ》、同じ唇。すらりとした身体。プロフバルーンは見えない。ぼくはふと足元の現実がどろりと溶け出すかのような錯覚に襲われる。反射的に胸元に名札を探し求める。

けれども、むろん彼女は麻理沙ではない。

ぼくの船は、ぼくの主観時間で七週間と二日前、三万天文単位の彼方でワームホールゲートに吸い込まれ、つぎの瞬間火星の上空に転送された。そのあいだに光円錐内時空では四二年と二ヶ月の月日が経過していた。

ぼくは異星文明との接触、いわゆるファーストコンタクトの唯一の経験者だった。だから、ぼくの名前は、その四二年のあいだに麻理沙との会話とともにすっかり有名になっており、ぼくの再出現は太陽系中にセンセーションを巻き起こした。あのとき遠く太陽系に向けて転送した会話は、いまや社会学者や心理学者によって一言一句分析され、ぼくは保守派からは異星文明の侵略を退《しりぞ》けた勇者として英雄視され、若い世代からは異星間交流の可能性を潰《つぶ》した臆病者《おくびょうもの》として批判されていた。再出現と同時に無数の研究者からインタビューの申し込みが押し寄せ、ぼくはその幾人かに、麻理沙が、あるいは「観測選択集約儀」と名乗る異星の人工知性体がなぜぼくを四二年後の太陽系に転送したのか理由を尋ねたが、答えをもつものはだれもいなかった。

太陽系のすがたは大きく変わっていた。SAACは同種の広域国家とともに崩壊し、人類社会はまるで時計の針が一〇世紀戻ったかのように、ふたたび小国乱立の混乱期を迎えていた。麻理沙の予言とLの懸念は正しかった。集約儀は太陽系から去っていたが、平和は戻っていなかった。地球では二世紀ぶりに国家間戦争が続発し、四二年のあいだに五〇〇〇万人近い市民が犠牲になっていた。月面は表と裏に分割され、表半球は二度にわたる内戦で荒廃し、裏半球は、地球の主要都市に誘導弾の照準を合わせたテロ国家に生まれ変わっていた。金星軌道と外惑星域の基地の多くが放棄され、惑星間情報ネットワークは崩壊し、地球と月と火星を除く太陽系空間は、科学者と詐《さ》欺師《ぎし》と海賊が跋扈《ばっこ》するフロンティアと化していた。それはまるで二〇世紀のスペースオペラのようだった。

そしてそのただなかに、あたかもあの古い都市の中心に穿《うが》たれた王宮跡のように、ダイモスに残されたワームホールゲートが静かに佇《たたず》んでいた。集約儀のうちその一体だけが残されたのはおそらくは麻理沙の好意で、それは輝かしい銀河間文明への、そして超対称重力工学の奇跡への入口のはずだったが、人類はまだその解明の糸口さえも摑《つか》んでいなかった。

そんなある日、ぼくは栖花から連絡を受けた。

栖花は火星の王になっていた。

栖花を王にするというLの望みは文字どおりに実現していた。ぼくのいない四二年のあいだ、太陽系でもっともラジカルに政体を変えた惑星は火星だった。火星はもはや企業と市民団体のゆるやかな連合体ではなく、かといって植民地でもなく、王国となっていた。

惑星間ワームホールゲートが崩れ落ち、地球の広域国家が手を引いたあと、北半球の信託統治領群と南半球の共和国とその両者に戦いを挑む人民戦線と、三つ巴の戦いがどのように展開しどのように妥協が成立して、地球ではもはや三世紀前に滅びた古い統治形態を選ぶに至ったのか、ぼくはヴィドやインタラクティブをずいぶんと漁《あさ》ったけれど、その経緯はあまりに長く複雑で、結局完全には理解できなかった。けれども、火星の住人は伝統的にアナーキズムに親しんでおらず、個人主義が強く政治参加にも積極的ではなく、だからそんな彼らが長い戦争にうんざりしてみずから主権者であることを放棄したとしてもそれは十分にありうることだと、ひとりの火星人としてぼくは思った。火星人はもともと独立も承認も政治参加も求めていなかった。火星がだれのものになろうと気にしない、それがぼくたちの美徳だった。歴史ヴィドによれば、火星の最高会議は二五世紀の末、統一戦争の英雄である栖花を終身主権者に選び、自主的に解散したらしかった。主権者が死んだときには、主権は人民に戻るのではなく、主権者があらかじめ指定した者へと自動的に引き継がれる。

ぼくが現れた二五一〇年代には、火星はすでに厄介《やっかい》な政治の重荷から解放され、太陽系唯一の繁栄を謳歌《おうか》していた。四半世紀にわたり続いた両半球戦争と統一戦争の傷《きず》痕《あと》はまだ随所に残っていたけれど、火星はふたたび、ぼくが子どものころと同じ、科学者とクリエイターが集まる知的中心としての地位を取り戻していた。地球人がやってくる怖れももはやなかった。

ぼくのＯＳは二六世紀のネットワークには接続できず、栖花は立体映像でぼくの部屋を訪れた。

　五九歳になった栖花を、ぼくは一瞬で見分けることができた。顔だちははじめて抱いた二歳のころとさして変わらず、抗老化措置のために髪は二〇代のように黒く、頬《ほお》も唇も三〇代のように赤く艶《つや》やかだった。けれども、額と目尻《めじり》に刻まれた細かな皺《しわ》は長年の辛苦を隠しようもなく、彼女はもはやぼくの知る彼女ではなかった。栖花は、立体映像であることを忘れ思わず差し出したぼくの両腕を、微笑を浮かべて優雅にすりぬけた。

　栖花は再会の挨拶《あいさつ》もそこそこに、ぼくに火星への亡命を勧めた。同伴の弁護士によれば、ぼくはいまだ四二年前のＳＡＡＣ火星信託領の市民権を保持しており、したがって国際法上はその後継国家の市民と見なされることになるらしかった。異星文明との唯一の接触者であり、麻理沙の夫、栖花の父であるぼくの存在は太陽系政治のなかできわめて微妙な位置を占めており、すでに地球からは身柄引き渡しの要請も舞い込んでいるのだと栖花は重々しく溜息《ためいき》をついた。そのすがたは、ついこのあいだまで軽口を叩《たた》きあっていた無邪気な少女からはあまりにも遠く、話せば話すほど彼女が栖花だとは信じられなくなるようで、ぼくは結局そのとき、四二年前のあの夏、なぜきみはぼくを捨てたのかと尋ねることがどうしてもできなかった。ぼくが父として話し始めることを、五九歳になった栖花は怖れ巧《たく》みに避けているように思われた。

会談後栖花は、年が明けての一月が麻理沙の死からちょうど六〇年にあたり、それを記念してアマルティアのあの崖のうえで関係者だけの小さな式典が開かれる、ぼくを招待するのでそこで物理身体で会いましょうとだけ告げて、接続を切った。

ぼくは弁護士が勧めるままに地球市民権放棄の宣誓書に生体認証を刻み込みながら、ふと、いまの栖花は、麻理沙が口にした、あの失われた王国の言葉を話せるのだろうかと考えた。


麻理沙の家の扉が開き、背の高い老人が現れた。

老人は右手で杖《つえ》をついていたが、足取りはたしかだった。ゆっくりとこちらに近づいてくる。分厚い防寒着をはおり、年齢に似合わず派手なマフラーを首に巻いていた。白い頭には亜麻色《あまいろ》の髪がところどころ混じる。緑の瞳に桃色の鷲鼻《わしばな》。若いころはさぞかし端正な鋭い顔立ちだったことだろう。

老人はぼくのまえに立つと、顔の下半分を覆うフィルタを剝《は》がした。

「ひさしぶりだな、アシフネ」

皺を寄せて笑った。

笑顔に見覚えがあった。

――Ｌ！

ぼくはあんぐりと口を開けた。

「わかるか」

「わかるとも」

Ｌは手袋を嵌《は》めた右手を差し出し、ぼくはその手を両手で握り返した。

「生きてたんですね！」

「まだ九〇にもならない」

「だれも教えてくれなかった」

「ぼくたちの関係を知るものは少ないからな」

「元気でしたか」

「半分はきみのおかげで」

「ぼくの？」

「おいおい話すさ」

そう言ってＬはぼくの背中に手を回した。

「いまは朋宮陛下のご尊顔を拝謁《はいえつ》しようじゃないか」

八〇を超えた彼の手のひらは弱々しかったけれど、気取った仕草は四二年前とまったく変わらなかった。

唐突に嵐のような感情に襲われた。ぎりぎりまで膨《ふく》らませた風船がばちんと弾《はじ》けたかのようだった。涙が両目から湧き出した。この四二年間の、いや、あのクリュセの開星記念堂の廊下で麻理沙と出会ってからの六六年間の、すべての孤独が結晶化し、心臓を突き刺し抉《えぐ》るかのようだった。ぼくはLを憎んでいたはずだったのに、麻理沙に死《し》を強いた地球に怒りを覚えていたはずなのに、溢《あふ》れる涙がすべてを押し流していくようだった。

「L……ぼくは」

ぼくは足を止めた。視界が歪んだ。

許しを請《こ》うように続けた。

「また間にあわなかった」

Lは濁《にご》った緑の瞳でじっとぼくを見つめた。

「救えなかった」

Lはしばらく沈黙したあと、皺だらけの頬を撫《な》で回して独り言のように言った。

「——最近は抗老化措置を止めているんだ。きみが戻ってくると知っていたら、若々しくしていたんだが」

ぼくは顔を伏せて黙り込んだ。

「生きてたんだ、はこちらの台詞《せりふ》だよ」

Lは照れくさそうに付け加えた。

「アシフネ。わたしはきみにもういちど会えて、すごく嬉《うれ》しいんだ」

「ぼくは」

ぼくはもういちど繰り返した。

「父親になれなかった。また麻理沙との約束を果たせなかった。すべて手遅れになってしまった」

涙が凍りつき頬が痛んだ。少女が当惑の表情を浮かべていた。

Lは静かに告げた。

「そうじゃない」

ぼくは顔を上げた。

Lは続けた。

「きみにはきみの役割があるんだ。きっと麻理沙は、それを知っていたんだよ」

Lは歩き出した。

ぼくは黙ってあとを追った。

いつのまにか霧が消え、青空が拡がり始めていた。

麻理沙の死の時刻まで、あと一時間。

ぼくは、舗石《しきいし》をひとつひとつ数えるかのように、麻理沙が六〇年前にみずから敷いたその石の記憶をたしかめるかのように、俯《うつむ》いて歩みを進めた。

扉のまえでLが立ち止まった。

「なかには栖花がいる」

Lは告げた。

「きみと麻理沙の娘がいる。わたしはもう長くない。これからはきみがわたしのかわりに栖花と火星を見守っていく。火星は太陽系の中心になり、太陽系文明は集約儀の傷を乗り越えてさきに進む。きみは、麻理沙が見せたあの緑の火星を娘に、そして孫たちに伝えるためにこの時代に来たのだと、わたしは思う」

そしてLは杖を少女に託すと、防寒着の内ポケットを探りぼくに小さなプレートを差し出した。

Marisa Oshima: voluntary guide @ Martian Memorial
earthian english available / Amartya Sen s.a.c., EL, b.2429

大島麻理沙。

開星記念堂ボランティアガイド。

地球英語可能。エリシウム州アマルティア・センニ級自治市。

二四二九年生まれ。

——あの火星暦一一二年の冬、崖下に投げ捨てたはずの麻理沙の思い出。

王国の起源。

「プレゼントだ」

Lはそう言って、皺で覆われた片目でウィンクした。

「探すの、たいへんだったんだぜ」

Lの最後のいたずら。

ぼくは思わず吹きだした。表情の滑稽《こっけい》さに吹きだした。頰に貼《は》りついた凍った涙を擦り落としながら、ぼくは笑った。

笑いながら考えた。Lの表情の意味を考えた。ぼくはすべてを理解できる。Lがその名札を好意で探し、そして無償で差し出しているのではないことを理解できる。けれども半世紀のときを隔て、高齢の皺だらけの弛んだ頰のLをまえにしたいま、その作為もまたかつてのLを思い起こさせるマドレーヌであるかのようで、ぼくは心に沈殿する強《こわ》ばりが時の力ですっかり溶け去ったかのように錯覚してしまう。そしておそらくはその錯覚こそが、麻理沙が、きみが、つまりは集約儀たちが、ぼくの時空を操作することで、ぼくに向けて発した最後のメッセージであり、またぼくたち太陽系人類に与えた最後の贈りものなのだとぼくは考えてしまう。

ぼくたちはつねに失敗する。
まちがった選択肢を選び、主人公になる機会を逃《のが》す。
けれども、きっと、それが魂をもつということなのだ。
Lが嗄《しわが》れ声で言った。
「そのプレートをかざすと、扉が開く」
ぼくは扉を開けた。

解説　火星への帰宅――クリュセの魚の棲む家へ

飛　浩隆

■ホーム

火星。赤い星、戦争の星。地球のひとつ外を公転し、ふたつの衛星を擁する惑星。SFにとって「火星」は特別な場所である。ウェルズ、バロウズ、ブラッドベリ、クラーク、ディック。火星はSF作家の想像力で繰り返し繰り返し耕されたイマジネーションの沃土《よくど》であり、SFの主題と手法が限りなく多様化した現代でも作家たちを惹《ひ》きつけて止まない。革新的な火星SFは生み出されつづけ、それがまた「火星」の豊《ほう》饒《じょう》に貢献する。

火星は、SF的想像力が常に立ち返ってゆく「故国」である。〈ホーム〉のアイコンにタッチせよ。さすれば私たちはいつでも還《かえ》ることができる。赤い砂塵《さじん》の舞う星に。

いちども訪れたことのないその場所に、私たちは「帰宅」する。

■オリエンテーション

『クリュセの魚』は、書き下ろしSFアンソロジーシリーズ「NOVA」（河出文庫）に二〇一〇年から二〇一三年にかけ四回に分けて掲載され、二〇一三年に単行本が刊行された、東浩紀の単著としてはふたつめのSF小説である。

その前作『クォンタム・ファミリーズ』（二〇〇九年、以下『QF』）で、作者は、二〇〇八年の日本を出発点とし、量子脳計算機科学によって並行世界が観測可能となった別の未来からの接触をきっかけに、二つの世界×二つの年号の四時点を溶解させ、ある家族を一種の数学的モデルに変換した上で「複素行列の入れ替えと再起動」を繰り返しながら、現代思想の諸命題を自在に演算してみせるという（こう書いていてもよく分かりませんが（笑））離れ業《わざ》を演じてみせた。それは究極の技巧派筒井康隆をして「これだけのことを一度にやろうとするのは人間業ではない」（河出文庫版解説）と言わしめるものであったが、錯綜《さくそう》、巧緻《こうち》、変態を極めたこの三島由紀夫賞受賞作に続いて、作者が世に送り出したのが本作ということになる。

しかしこれはまた、なんと対照的な作品であろうか。

舞台はうってかわって二五世紀の火星。テラフォーミングが成功した火星では開明的な文化が開花、一方太陽系外縁では異星文明が残したワームホールゲートが発見され、それが地球と火星の時間的距離を劇的に縮めることで、戦争の時代が始まろうとしている。そうした情勢を背景としながらも、本作は、十一歳の少年が十六歳の少女に出会い恋に落ちその面影《おもかげ》を追う、直線的でロマンティックなラブストーリーなのであり、さらに後半では、文明、国家、実存といった国産王道SFが扱ってきた大テーマをあらわにする、堂々たる正調SFなのだ。

膨大《ぼうだい》な設定とアイディアを紡《つむ》ぎながらも筋運びは淀《よど》みなく、読者は一気に結末へみちびかれ、そこで主人公の内的変貌に触れて、広々した――海をわたる風に吹かれるような感動を覚えるだろう。

そうして、もしかしたら、読後、そこから立ち去り難《がた》い気分を味わうかも知れない。

それはなぜか。

私は与えられた時間を使ってそのことを考えてみたい。「解説」するのではなく、答えを求めるのでもなく、本書の内外を少しのあいだ散策し、その時間をあなたとシェアすることとしたい。

というわけで、以下は、本書を読み終えられたあとに目を通されることをお勧めする。

■「アリゾナ」再訪

冒頭、赤茶けた岩石砂漠を俯瞰《ふかん》して「幹線道路がそのなかを菌糸のように伸びていた」という描写がなされるのは『QF』である。対して『クリュセの魚』は、酸化鉄の赤塵を踏みしめて登った高地から、眼下の「白く細い道が菌糸のように」縫う景色を眺めて物語が始まる。前者にはサボテンを、後者には環境改変植物をあしらって。赤い荒野が、東浩紀には必要なのだ——少なくともこの二作を語り出すためには必要だったのだ。豊かなテクストを敷き詰めた物語世界の皮膜の下に、乾いたテクスチャを待機させておくことが必要だったのだ。極限まで荒廃していながら、同時に複雑なコンテキストを蓄え、多様な被造物を立ち上げることのできる大地を。

それは第一には作者の内的要請によるものだ。とはいえこの二作がまったく同じ比喩《ひ》から書き起こされているからには、読者へのメッセージも潜めてあるのではと考えたくなる。案の定、すぐに主人公の名が葦船彰人《あしふねあきと》、恋人が大島麻理沙《おおしままりさ》であると明かされて、それは決定的となる。なにしろ『QF』の主人公は葦船往人《あしふねゆきと》で、その妻は大島《おおしま》友梨花《ゆりか》なのだ。

かくして『クリュセの魚』は、『QF』と二幅対の絵であり精神的双子であることを宣言して始まる。それゆえ作者は、かつては「アリゾナ」と名づけた大地に立ち戻り、今度はそこを「火星」と命名して、ひとつの主題をまったく別の次元で描画しはじめるのだ。

ところで誤解のないよう、大急ぎで付け加えておくと、この二作のストーリーにつながりはない。『クリュセの魚』は完全に独立した一本の青春SFとして書かれている。安心して手に取っていただければいい。

■Mars の Marisa

大島麻理沙が登場する場面、彼女のプロフィルはわざわざアルファベットでMarisaと表記されている。火星(Mars)にaとiを加えて「麻理沙」となる(火星に「愛」を?)。この文字列からMariaを読み取った向きもおられるだろう。「沙」は砂の意味でもある。本作のヒロインはいくつものイメージや象徴をはらんだ存在であることが最初から暗示されるのだ。

聡明で、行動的で、ある種の寄る辺《よべ》なさを感じさせる年上の少女――。このヒロインは葦船少年の一人称をとおして描かれていく。初出の「NOVA」版では、一人称と三人称が混在していたのが、書籍化にあたって統一されたものだ(ちなみにこの改稿は全編にわたる実に綿密なもので、両方を見比べるととても面白い)。この統一により、主人公の性急な感情や行動は説得力を増し、麻理沙の神秘性も高められている。その一方で、ヒロインに対する一方的な崇拝、閉塞《へいそく》的感覚も避けられない(ただし

「L」という登場人物がこれを緩和する)。

しかし作者は、第二部の大詰めに来たところで、麻理沙の側から一人称語りを繰り出してみせる!

しかもここで作者は、あるSF的大仕掛けを持ち込み、「麻理沙の一人称」それ自体を分裂・多重化させて、彼女のナラティヴをキュビスムのような多面体と仕立てる。つまりヒロインはここである種の「怪物」となっているのだが、その描像が主人公の側からの描像と対置され、お互いを浄化しあいながらひとつの解決へたどりついていくくだりは、「人物描写」を踏み越えた「実存描写」ともいうべき場面で、SF以外には提供できないカタルシスをもたらす。いくつもの声が互いを求め、断念を決意し、励ましを送りあうテクストも感動に満ち、ここは本書最大の読みどころだろう。

改めて念を押しておくと、『クリュセの魚』は、直線的ではあっても単純な物語ではない。この作品の設定を借りて喩《たと》え話をするなら、麻理沙は物語の象徴を集約する「ゲート」であり、彼女の背後の「余剰次元」には膨大な情報や思索が畳《たた》み込まれていて、だからシンプルなストーリーに見えるだけなのだ。

それはまるでMarisaの中にさまざまな文字列が読み出せるようで――

■王朝のディアスポラ

だから彼女の背後に横たわるものについて少し触れてみよう。

この連作の最終話が『NOVA8』に掲載された際、編者である大森望は解題で「〝『ほしのこえ』への遠い遠いアンサー（著者ツイートより）〟であり、『日本沈没』のはるかな後日譚としても読める」と書いている。短いながらこの指摘は極めて重要で、そのとおり、この作品世界で日本は二世紀前に消滅しており（とはいえ地学的に「沈没」したわけではないようだ）、日本人の末裔《まつえい》はその名前を日本風には読まれないこと、コメが幾度も火星で栽培が試みられながら成功しないこと、などのエピソードが随所にちりばめられる。まさにこれは小松左京が『日本沈没』で突きつけた民族離散《ディアスポラ》が別の形で変奏された世界にほかならない。

『クリュセの魚』の執筆と並行して、東浩紀は『小松左京セレクション』（河出文庫から現在全三巻のうち第二巻までが刊行）の編纂《へんさん》に取り組んでいた。「日本」の「未来」について徹底的に格闘した小松の存在が、本作に影を落としていないはずはない。本作は「日本の未来」の「とある形」を、東浩紀の流儀で展開して見せた「もうひとつの『日本沈没　第二部』」の側面を持つ。

国家としては微塵《みじん》となって飛び散ったものの、日本の影は本作のいたるところで浮かび上がってはまた消え、本作は怨霊《おんりょう》に取り憑《つ》かれているような気配がある。彰人と麻理沙は日本の末裔であり、ことに麻理沙は重大な出自の秘密を持つ（ちなみに初出時の第二話と第三話には「火星のプリンセス」の題がつけられていた）。この流浪《るろう》のふたりが出会ったために、事態は意外な方向へ加速し世界の運命は変わる。最終的には、情報的にも、地政学的にも、政体としても思いがけない形で「日本」が「復元」される。

『QF』が核家族ならぬ量子家族のお話しであるとすれば、『クリュセの魚』はいったんは微細な「通貨」に離散した日本に、量子的再生を遂げさせるお話とも読める。

■クリュセの海

さて、与えられた時間も残り少なくなった。おそらく私は、本格SFとしての数々の新機軸について語ることを期待して起用されたと思うので、大急ぎで何点か見ておきたい。

大詰めで明かされる「観測選択集約儀」のアイディアは、現代SFの最先端に引けを取らない鋭さがある。私はかつて、とある異星知性体が人類の誕生に干渉し、人類総体を一種の計算機として取り扱っていたという短篇（「はるかな響き」二〇〇八年）を書いたことがある。これはそれとやや似て、さらに精緻であり、その本質は物語の要諦をなす文学的テーマと結びついて、クライマックスで絶大な効果を上げている。また、この作品では深追いされていないけれども、「観測選択集約儀」が作動することによって現れる「統計的な影響」というのが実にもう嫌らしくて大好きだ。あと、これは考えすぎかもしれないが、「観測選択集約儀」のヴィジュアルイメージ——超技術の産物が宇宙空間に描く幾何学的配置——に、私は小松左京の「結晶星団」への賛仰を読み取りたくなる。不完全な、ぶざまな生命のどこが悪い！　という叫びにおいて通底していると思えるのだ。

そして、表題ともなっている「クリュセの魚」。

冒頭、リリカルかつノスタルジックな愛玩物として登場するこのイメージは、もろく、やさしく、澄明《ちょうめい》な、麻理沙のイメージそのもののように示される。それが、物語の中盤では巨大な変貌を遂げて未来から啓示され、さらに結末では量子的領土の象徴となって主人公の断念と喪失とを祝福する。象徴的イメージの提示とその変奏は文芸一般、わけても青春ＳＦの定石《じょうせき》だが、本作ではその潜在力を徹底的に絞り尽くす。

何のために？

この新作を、ＳＦの故国——赤塵が舞う火星の大地へ帰還させるために。

■帰宅（その２）

さて、物語の最後で、量子的国土を回復した国の、ただひとりの主権者が住まう

「家」が登場する。それはこの物語の核心をなす場所であるが、外見は〈ホーム〉のアイコンがそのまま実体化した「おうち」そのものである。ここに到って私たちは本書第二部の重要人物の名が「栖花《すみか》」であることを思い出し、この小説が巨大な家族小説『QF』の双子であることを思い出し、そして火星がSFの故国であることを――想像可能なものならば何でも立ち上げることのできる荒野であることをを思い出す。

そうして私は、ここで『QF』に登場する主人公の娘、汐子《しおこ》の、このような声を回想した。

「――だいじょうぶ、だいじょうぶ、みんな暗くなったらおうちに帰るんだから。汐ちゃんが連れていってあげるんだから」

かつて私は『QF』について小文を書き（「そして葦船は往く」〈ユリイカ〉二〇一〇年五月号）、その末尾に、「そこで聞こえる『汐子』の声には、しかし留意しよう。汐子の声は（略）葦船の船路をそれとなく照らしてくれることだろう。遠い空を往く飛行機の尾灯のように」と記した。

まさかそれに応《こた》えたわけでもなかろうが、本書で、葦船彰人はその名の通り、小さな「舟」に載せられて遠い場所、意識の自生する場（葦船だけに「自凝島《オノゴロジマ》」とでもいうべきか）へと運ばれる。そうして長い長い時間をかけてその旅から帰還する。

かくして葦船は帰宅を果たし、小さな「おうち」の前に立ち、本書は幕を閉じる。いくつもの意味が複雑に響きあうこの「帰宅」の場面を読みながら、私は（いくらなんでもしつこいとは思うが）『果しなき流れの果に』（小松左京、一九六六年）のふたつのエピローグを重ねてみたくなる。

いまや美しい葛城山《かつらぎさん》も和泉《いずみ》平野もないが、それでもそこは「日本」だ。そして、ちょっと目を離すとすぐに崩壊する量子的住み処《すか》を絶え間なく再描画しながら、その先に「未来」を見ることは可能なのだとこの本が語るのを――クリュセの魚たちが囁《ささや》くのを聴く。

（SF作家）

初出
「クリュセの魚」『書き下ろし日本SFコレクション　NOVA2』河出文庫、二〇一〇年七月刊
「火星のプリンセス」『書き下ろし日本SFコレクション　NOVA3』河出文庫、二〇一〇年一二月刊
「火星のプリンセス　続」『書き下ろし日本SFコレクション　NOVA5』河出文庫、二〇一一年八月刊
「オールトの天使」『書き下ろし日本SFコレクション　NOVA8』河出文庫、二〇一二年七月刊
以上を再構成の上、大幅に改稿。

本書は、二〇一三年八月、河出書房新社より〈NOVAコレクション〉の一冊として刊行されました。

クリュセの魚《さかな》

二〇一六年 八 月一〇日 初版印刷
二〇一六年 八 月二〇日 初版発行

著 者 東浩紀《あずまひろき》
発行者 小野寺優
発行所 株式会社河出書房新社
〒一五一－〇〇五一
東京都渋谷区千駄ヶ谷二－三二－二
電話〇三－三四〇四－八六一一（編集）
〇三－三四〇四－一二〇一（営業）
http://www.kawade.co.jp/

ロゴ・表紙デザイン 粟津潔
本文フォーマット 佐々木暁
印刷・製本 中央精版印刷株式会社

Printed in Japan ISBN978-4-309-41473-7

キャラクターズ

東浩紀／桜坂洋　41161-3

「文学は魔法も使えないの。不便ねえ」批評家・東浩紀とライトノベル作家・桜坂洋は、東浩紀を主人公に小説の共作を始めるが、主人公・東は分裂し、暴走し……衝撃の問題作、待望の文庫化。解説：中森明夫

郵便的不安たちβ　東浩紀アーカイブス1

東浩紀　41076-0

衝撃のデビュー「ソルジェニーツィン試論」、ポストモダン社会と来るべき世界を語る「郵便的不安たち」など、初期の主要な仕事を収録。思想、批評、サブカルを郵便的に横断する闘いは、ここから始まる！

サイバースペースはなぜそう呼ばれるか＋　東浩紀アーカイブス2

東浩紀　41069-2

これまでの情報社会論を大幅に書き換えたタイトル論文を中心に九十年代に東浩紀が切り開いた情報論の核となる論考と、斎藤環、村上隆、法月綸太郎との対談を収録。ポストモダン社会の思想的可能性がここに！

クォンタムファミリーズ

東浩紀　41198-9

未来の娘からメールが届いた。ぼくは娘に導かれ、新しい家族が待つ新しい人生に足を踏み入れるのだが……並行世界を行き来する「量子家族」の物語。第二十三回三島由紀夫賞受賞作。

東京プリズン

赤坂真理　41299-3

16歳のマリが挑む現代の「東京裁判」とは？　少女の目から今もなおこの国に続く『戦後』の正体に迫り、毎日出版文化賞、司馬遼太郎賞受賞。読書界の話題を独占し“文学史的事件”とまで呼ばれた名作！

みずうみ

いしいしんじ　41049-4

コポリ、コポリ……「みずうみ」の水は月に一度溢れ、そして語りだす、遠く離れた風景や出来事を。『麦ふみクーツェ』『プラネタリウムのふたご』『ポーの話』の三部作を超えて著者が辿り着いた傑作長篇。

第七官界彷徨

尾崎翠　40971-9

「人間の第七官にひびくような詩」を書きたいと願う少女・町子。分裂心理や蘚の恋愛を研究する一風変わった兄弟と従兄、そして町子が陥る恋の行方は？　忘れられた作家・尾崎翠再発見の契機となった傑作。

冥土めぐり

鹿島田真希　41338-9

裕福だった過去に執着する傲慢な母と弟。彼らから逃れ結婚した奈津子だが、夫が不治の病になってしまう。だがそれは、奇跡のような幸運だった。車椅子の夫とたどる失われた過去への旅を描く芥川賞受賞作。

そこのみにて光輝く

佐藤泰志　41073-9

にがさと痛みの彼方に生の輝きをみつめつづけながら生き急いだ作家・佐藤泰志がのこした唯一の長篇小説にして代表作。青春の夢と残酷を結晶させた伝説的名作が二十年をへて甦る。

ダウンタウン

小路幸也　41134-7

大人になるってことを、僕はこの喫茶店で学んだんだ……七十年代後半、高校生の僕と年上の女性ばかりが集う小さな喫茶店「ぶろっく」で繰り広げられた、「未来」という言葉が素直に信じられた時代の物語。

引き出しの中のラブレター

新堂冬樹　41089-0

ラジオパーソナリティの真生のもとへ届いた、一通の手紙。それは絶縁し、仲直りをする前に他界した父が彼女に宛てて書いた手紙だった。大ベストセラー『忘れ雪』の著者が贈る、最高の感動作！

「悪」と戦う

高橋源一郎　41224-5

少年は、旅立った。サヨウナラ、「世界」――「悪」の手先・ミアちゃんに連れ去られた弟のキイちゃんを救うため、ランちゃんの戦いが、いま、始まる！　単行本未収録小説「魔法学園のリリコ」併録。

枯木灘

中上健次　41339-6

熊野を舞台に繰り広げられる業深き血のサーガ…日本文学に新たな碑を打ち立てた著者初長編にして圧倒的代表作。後日談「覇王の七日」を新規収録。毎日出版文化賞他受賞。解説／柄谷行人・市川真人。

待望の短篇は忘却の彼方に

中原昌也　41061-6

足を踏み入れたら決して抜けだせない、狂気と快楽にまみれた世界を体感せよ！　奇才・中原昌也が「文学」への絶対的な「憎悪」と「愛」を込めて描き出した、極上にして待望の小説集。

無知の涙

永山則夫　40275-8

四人を射殺した少年は獄中で、本を貪り読み、字を学びながら、生れて初めてノートを綴った——自らを徹底的に問いつめつつ、世界と自己へ目を開いていくかつてない魂の軌跡として。従来の版に未収録分をすべて収録。

十蘭万華鏡

久生十蘭　41063-0

フランス滞在物、戦後世相物、戦記物、漂流記、古代史物……。華麗なる文体を駆使して展開されるめくるめく小説世界。「ヒコスケと艦長」「三笠の月」「贖罪」「川波」など、入手困難傑作選。

短歌の友人

穂村弘　41065-4

現代短歌はどこから来てどこへ行くのか？　短歌の「面白さ」を通じて世界の「面白さ」に突き当たる、酸欠世界のオデッセイ。著者初の歌論集。第十九回伊藤整文学賞受賞作。

美女と野球

リリー・フランキー　40762-3

小説、イラスト、写真、マンガ、俳優と、ジャンルを超えて活躍する著者の最高傑作と名高い、コク深くて笑いに満ちた、愛と哀しみのエッセイ集。「とっても思い入れのある本です」——リリー・フランキー